中公文庫

もぐら新章

昴《ぼう》星《せい》

矢月秀作

中央公論新社

目次

序章 7
第一章 22
第二章 79
第三章 147
第四章 208
第五章 270
第六章 337
エピローグ 401

もぐら新章

昴《ぼう》星《せい》

序章

芦田《あしだ》洋介《ようすけ》は、那覇空港三階南側の見学者デッキにいた。

タイル張りの通路に続くデッキからは、金網越しに滑走路と駐機中の飛行機が見え、その先に海も望める絶景スポットだ。

わかりにくい場所にあるからか、普段から人は少ないが、コロナ禍で観光客が激減している今、デッキにいるのは芦田だけだった。

芦田の足下にはキャリーケースが一つ置かれていた。

腕時計に目を落とす。午後一時二十分を回ったところ。

「遅いな……」

芦田は通路に何度も目を向けた。

まさか、来ないつもりなのか……。

それとも、あいつらに捕まったんだろうか。

芦田は上着の胸ポケットを手のひらで押さえた。中には、同五十五分発東京羽田空港行きのチケットが二枚ある。

　通路に人影が見えた。

　芦田は通路とデッキの境となる壁際に身を寄せた。

　男女の若いカップルだった。髪を染めた女が、かりゆしウエアを着たがっしりとした男の腕に腕を絡《から》め、寄り添って入ってくる。

　カップルはそのまま芦田の前を通り過ぎ、金網の近くへ行った。

　デート中か。

　芦田は壁に寄りかかり、息をついた。

　寄り添って、楽しそうに話しながら飛行機を見ている。

　芦田は目を細めた。

　あと三十分強。彼女と無事に島を出られれば、目の前のカップルの姿が、自分と彼女の未来図になる。

「早くおいで……」

　つぶやき、通路を見つめる。

　カップルは滑走路の光景に飽きたようで、デッキの奥まで行った後、すぐ戻ってきた。

　芦田は顔をうつむけ、カップルをやり過ごそうとした。

　と、足下に影が差した。

顔を上げる。

男と女が芦田の正面に立っていた。

男はいきなり、芦田の首を左手でつかんだ。間《かん》、髪《はつ》を容《い》れず、右拳を芦田の腹にねじ込む。

芦田は目を剝《む》いて、呻《うめ》いた。

「な……なんだよ……」

芦田は男の左手首を握った。また、右の拳が腹部を抉《えぐ》る。芦田は腰を折った。

女が上着をめくり、内ポケットをまさぐった。

カツアゲか。

「金なら……やるよ……」

声を絞り出す。

女が内ポケットの航空チケットを取り出した。

「それは――」

芦田が手を伸ばそうとする。男が芦田の首を握り締めた。

息が詰まり、顔が赤くなる。

女は中のチケットを取り出した。

「あ、やっぱ、こいつ、東京に逃げようとしてたんだ」

女が言った。

芦田の顔が強《こわ》ばる。

通路側から複数の足音が聞こえてきた。芦田は首をねじって、通路の方を見やった。

派手な格好をした男女がぞろぞろとやってきた。その中には見慣れた顔がある。

そして、その男女の壁の中にリナがいた。

芦田は色を失った。

芦田は首をつかまれたまま、デッキの中央まで引きずり出された。

男女が輪になり、壁を作る。その真ん中に芦田が投げ出された。よろけて、地面に崩れる。その脇に、リナも放《ほう》られた。

芦田は倒れてくるリナを受け止めた。

「リナちゃん！」

顔を見る。あちこち痣《あざ》で紫色になっていて、唇は腫《は》れ、口辺には固まった血糊《ちのり》が付いていた。

「ごめんなさい……。こっそり出てこようと思ったんだけど、友達に話したら……」

リナの大きな瞳から涙がこぼれる。

壁の輪から、一人の男が出てきた。細身で小柄なキツネ顔の男だ。

芦田はリナを抱きしめた。

この男は市島《いちじま》という。リナが勤めていたデリバリーヘルス店の店長で、周りの男たちと比べると線が細く見えるが、誰よりも怖い男だった。

「芦田さん。困りますねえ。うちのコをたぶらかして、自分のモノにしようだなんて」

市島はひねた笑みを浮かべたまま、芦田を見下ろした。

芦田は怯《ひる》みそうになった。リナが不安そうに芦田を見やる。

芦田はリナの視線を感じて奮起し、市島を下から睨《にら》み上げた。

「僕はただ、リナちゃんと一緒にいたいだけだ。そもそも、リナちゃんは君たちの所有物じゃないだろう」

リナを強く抱きしめる。

リナも応えるように抱き返した。

「いいねえ、恋する男女は。嫌いじゃないけどさ、そういうの」

市島はいきなり、リナの顔面に右膝を蹴り入れた。

リナの顔が撥《は》ね上がった。鼻先が曲がって血が噴き出る。リナの上体がぐらついた。

「何するんだ！」

仰《の》け反《ぞ》りそうになったリナを抱き寄せる。

「その鼻、見てみろよ。ひん曲がってるだろ？　整形鼻の典型だ」

市島が笑う。

芦田はリナの頭を抱えて、強く抱いた。

「その女、目もいじってるし、顎も削ってる。あんま、力入れて抱くと、顔全体が歪んじまうぞ？」

市島が言うと、壁の男女も笑い声を立てた。

「ついでに、その乳も豊胸だし、腹も脂肪吸引してる。サイボーグだぞ、そいつ」

市島の言葉に、さらなる笑い声が立つ。

リナは芦田の胸に顔を押し付けた。肩を震わせ泣いている。

芦田も、リナが全身整形していることには気づいていた。しかし、気にしたことはなかった。

システムエンジニアを務める芦田は半年前、長期出張で来島した。ある企業のシステム開発と構築のためだ。

沖縄も新型コロナウイルスの蔓延《まんえん》で緊急事態宣言が発出され、しばらくは、職場と短期契約しているマンションを往復するだけの毎日だった。

三カ月前、芦田は同僚のマンションで二人、打ち合わせがてらの食事をしていた。

その時、酔って高揚した同僚が、女を呼ぼうと言い出した。

芦田は風俗で遊んだことはなかった。どちらかといえば、少し汚らしい感じがして、嫌いだった。

ただ、南国リゾートに来て三カ月、遊びらしい遊びもなく、ひたすら現場に詰めて、モニターと睨み合う毎日に、同僚同様ストレスは溜まっていた。

そして、勢い、同僚の誘いに乗った。

そこに現われたのが、リナだった。芦田はその容姿と、どこか儚《はかな》げな翳《かげ》をまとったリナの雰囲気にひと目で胸を撃ち抜かれた。

もう一人、ヒヨリという源氏名の女の子が来た。ヒヨリは小柄で肉感的な女の子だったが、同僚の好みだった。

必然、芦田の相手はリナになった。

デリバリーヘルスは本来、手や口で性的サービスをするだけ。しかし、コロナ禍で客が減ったせいもあってか、金を積めば本番もＯＫだという。

もちろん、売春行為は違法だ。が、デリヘル嬢が勝手にやったこと、恋愛感情が芽生えて行為に及んだなど、いくらでも言い逃れる術《すべ》はある。

同僚は寝室にヒヨリを連れ込み、さっそく行為を始めた。まもなく、派手な喘《あえ》ぎ声が聞こえてきた。何をしているのか、見なくてもわかるほどだった。

芦田は同僚のワークルームにリナと入った。

リナは何も言わず、服を脱ぎ始めた。

ほっそりとした体に不釣り合いな大きな乳房。白すぎる肌には血管が浮き上がり、くびれた腰は抱きしめただけで折れそうだ。

裸になったリナは、椅子に座る芦田の前に跪《ひざまず》いた。スラックスのベルトに手を伸ばす。

一度は拒否するそぶりを見せた芦田も、情欲の昂《たか》ぶりに勝てず、そのままリナの手と口に自身を預けた。

得も言われぬ快感とほんのりくすぶる罪悪感に、全身の骨が抜かれそうだった。

リナから、追加料金で本番ができると持ち掛けられたが、芦田は断わった。

その日、リナは一時間半ほどで仕事を終え、ヒヨリと共に同僚のマンションを去った。

余韻に浸りながら同僚と飲み明かしていた時、芦田はあることを知った。

彼女たちの実入りの多くは、追加料金分だという。何もしなくても、追加料金を払ってあげた方が、彼女たちの助けになるそうだ。

芦田はリナに申し訳ないことをしたと悔やみ、同僚からデリヘルの番号を聞いて、翌日、自分のマンションにリナを呼び寄せた。

性的サービスは受けず、ずっと服を着たまま話し、追加の料金も払った。

リナは申し訳なさそうだったが、帰り際に微笑んで、キスをくれた。

それが、芦田の心に火を点《つ》けた。

芦田はその日からほぼ毎日、リナを呼んだ。少しずつ自分のことを話してくれて、笑顔を見せてくれるリナに、どんどん惹かれていった。

芦田はリナの出勤から退勤までの時間すべてを買うこともあった。朝までとなると、一晩で数十万飛ぶこともあった。

それでも芦田はリナに会いたくて、また、リナを他の男に触れさせたくなくて、貯金を切り崩してまで、リナを呼び続けた。

通常、店側は行き過ぎた常連客は忌避《きひ》する。多くはトラブルの元となるからだ。が、コロナ禍の今、客は少ない。芦田のように入れ込む客は女の子にとって危険だとわかっていながら、店側は黙認していた。

芦田もそのことは理解していた。

リナとは所詮《しょせん》、デリヘル嬢と客という立場。金がなくなれば、彼女と会うこともなくなるのだろう。

しかし、自分の懐事情が許す限りは、リナと過ごしたい。

それがうたかたの夢であろうとも——。

だが、二週間前、芦田の胸を大きく揺さぶる出来事が起こった。

その日、仕事場から戻ってくると、デリヘルに連絡を入れていないにもかかわらず、リナが部屋の前で待っていた。

オフ日、プライベートで会いに来たという。

部屋に通して話を聞くと、大金を払わせているのにいつも話してばかりで申し訳ないから抱いてほしいと言ってきた。

それだけなら、芦田も笑って流せた。

だが、そのあと、リナは続けた。

自分のような者に、こんなに誠実に接してくれた人は初めて。もっと早く、芦田さんと出会っていればよかった、と。

芦田は想いを止められなくなった。

朝までリナを貪っても足りず、次の日は無断欠勤をして、一日中、リナを抱いた。

リナも芦田に応えた。

夢のような時を過ごした芦田は、リナに想いを告げた。

結婚したい。一緒に暮らしたい。

さすがにリナも戸惑ったようだったが、連日の猛アタックに負け、首を縦に振った。

問題は、リナが勤める店だった。

リナは店に借金があり、それを返し終えるまでは自由を拘束されているという。

店のオーナーは市島すいという者で、細身でJポップを歌うミュージシャンのような雰囲気の男だが、その実、松山を牛耳《ぎゅうじ》っている半グレ組織のリーダーだという。

まともな話し合いは難しいと感じた芦田は、ともかく島を出ようと提案した。

東京に戻って、弁護士を立てて話し合えば、それなりにカタはつくだろう。そう踏んでいた。

とにもかくにも、無事に島を出ることが重要だった。

芦田はいつもと変わらない様子でリナを家に呼び、何度も話し合いを重ね、綿密な計画を立てた。

そして、遂行の日を迎えていたのだが……。

「ごめんなさい。ごめんなさい……」

リナが腕の中でうわ言のように詫びる。

「いいんだよ」

芦田は優しく声をかけ、市島を見上げた。

「いくらだ？」

「あ？」

市島が首を傾け、見下ろす。

「彼女の借金はいくらだ？」

「払ってくれるのか？」

「ああ、払う。昔で言う、身請けだ。それで手を打ってくれないか？」

芦田はまっすぐ見つめ、言った。

「かまわねえけど、払えるか？」

「いくらだと訊いてるんだ」

「一億」

　市島が言った。

　さすがに芦田も驚きを隠せない。

が、もっと驚いたのはリナだった。顔を上げ、市島を睨む。

「私、そんなに借りてないよ！」

　芦田が訊いた。

「いくら借りたんだ？」

「七百万。整形手術の費用に……」

「そうか」

　芦田が再び、市島を見上げる。

「七百万が一億とは個人貸しでも暴利《ぼうり》だ。せめて、倍がいいところだろう」

　芦田が返す。

「おいおい、おまえが決めるこっちゃねえんだよ。貸したのはこっち。借りた側がごちゃごちゃ言うんじゃねえ」

「倍でも法定利率は超える。それを認めようと言ってるんだ。それ以上吹っかけるなら、出るとこに出るよ」

芦田は強気を崩さなかった。

リナとの未来のため、ここは意地でも退《ひ》けない。

人生を懸けた勝負があるならここだと思った。

「法律を振りかざすつもりか？」

「君が無茶を取り下げてくれない限りね」

「法律で戦おうってのか。たいしたもんだ」

市島は笑った。

そしていきなり、芦田の横っ面を右の靴底で蹴った。

芦田はリナを抱いたまま、横倒しになった。左側頭部を打ちつける。皮膚が切れ、血が流れ出た。

市島が歩み寄る。そして、頭を踏みつけた。

芦田の頭がタイルでバウンドした。血が飛び散る。意識が朦朧《もうろう》とする。

リナが覆い被さった。

「やめて！」

市島を睨む。

「おまえ、本気で惚れたのか。いいねえいいねえ。おれ、幸せそうなカップルを見るとな」

市島の顔から笑みが消える。

「反吐《へど》が出るんだよ」

リナの顎先を蹴り上げる。

リナの顔が撥ね上がる。意識が一瞬にして飛ぶ。仰向けに倒れ、後頭部を強く打ちつけた。

芦田は体を起こそうとした。脇腹に市島の足の甲がめり込んだ。

芦田は体を折って腹を押さえ、呻き、震えた。

「知ってるか？ 法律で戦えるのは、無限に金を持ってて、そして——」

市島が冷ややかに見下す。

「生きてるヤツだ」

顔面を蹴り上げた。

折れた歯と血糊が飛び散り、囲んでいた女にかかる。

「なんだよ！ きたねえな！」

女は汚物がかかったかのように大げさに騒ぎ、芦田の顔をヒールの踵《かかと》で踏みつける。芦田の頬に穴が開く。

それをきっかけに、他の男女が芦田とリナに暴行を加えた。二人ともぐったりとしてやられ放題やられていた。

「殺すなよ。めんどくせーから。遊び飽きたら、ビルの地下に連れてこい」

市島はそう指示をすると、その場を離れた。

「リナ……ちゃん……」

芦田はタイルを掻きむしり、リナに近づこうとした。

震えながら、腕を伸ばす。

その指がリナに届こうとした時、強烈な蹴りを頭部に浴び、視界が暗転した。

第一章

1

九月も後半に入った。

シルバーウィークで世間にはのんびりとした空気が漂っている。新型コロナウイルス蔓延による緊急事態宣言もそろそろ解除されるのではないかとの観測もあり、人々も徐々に活気を取り戻しつつある。

そんな中、安《あ》里《さと》真《しん》昌《しょう》は、安《あ》達《だち》竜《りゅう》星《せい》の部屋に入り浸り、机にかじりついていた。タオルを頭に巻き、唸《うな》りながらもテキストと睨み合っている。

真昌は七月に、沖縄県警察官B採用試験にエントリーした。

一次試験は十月十六日と十七日の二日間。本番まで残り一カ月を切っている。

真昌の場合、体力試験に不安はない。教養試験が問題だ。

警察官採用試験の教養問題は、基礎学力はもちろん、それ以上に幅広い知見が求められる。

毎日、ニュースを見ていれば、時事問題はある程度クリアできるが、数的推理や判断推理は応用力が必要となるので、頭を慣らすまでに時間がかかる。

真昌は驚異的な集中力で、目に見える実力を付けてきたが、応用問題に向かい合うとまだ手が止まってしまう。

「あー、わかんねえ！」

ペンを放《ほう》って、頭を掻きむしる。

ふて寝しようと体を倒すが、すぐに頭を振って起き上がり、再びペンを執る。

竜星は、基本、真昌が訊いてくるまで、教えないことにしていた。自ら頭を絞り、自分の方法で理解し、解を得ることが大事だからだ。

が、例外的に、唸り声が三度続いた時は自分から教えるようにしている。

竜星は手を止め、振り返った。

「どうした？」

「これなんだけどさー」

真昌がテキストを差し出した。

問題を見る。

〈3種類の飲み物Ａ、Ｂ、Ｃがある。値段の比はＡとＢが１：４、ＢとＣが２：１であり、Ａ、Ｂ、Ｃを1本ずつ買うと合計で５６０円となる。ＡとＣの値段の差はいくらか？〉

数的推理の問題だった。

「何がわからないんだ？」

竜星が訊く。

「ＡとＣの差を出すには、それぞれの値段がわからないといけないだろ？　それをどうやって出せばいいのか、わからないんだよ」

「どう考えた？」

「ＡＢとＢＣの比率で合計が５６０円になるように選択肢の数字を当てはめてるんだけどさ。なかなか合う数字がないんだよ」

真昌は40円から80円まで、10円刻みで記された五つの選択肢を指で指した。

「それでも答えは出るんだけどな。時間が足りなくなる」

竜星は言い、真昌の机にテキストを置いた。

「わからなくなったら、問題に書いてある条件を白いところに書いてみるといいんだよ」

竜星は余白部分にＡ、Ｂ、Ｃと書いた。

「まずわかっていることはＡＢが１：４」

話しながら、ＡとＢの下に、１：４と記す。

「次にわかっていることはＢＣが２：１」

一段下げて、Ｂの部分の縦列を並べて書き記す。

「Ｂの部分を見て、何か気づかないか？」

竜星が訊く。

「４と２だな」

真昌が答えた。

「そうそう。そこの数字を揃えてみると、ＢＣの比はいくつになる？」

「４は２の２倍だから、ＢＣ比は４：２か」

「そう。Ｂが揃ったから、ＡＢＣの比はどうなる？」

「１：４：２か？」

「正解。ＡＢＣの比を足したらいくつになる？」

「７だな」

「そうだな。ＡＢＣの飲み物すべてを足した値段が５６０円。Ａの値段はどうやったら出る？」

「……あっ！　７で割ればいいのか！　７×８が56だから、Ａは80円か！」

「そういうこと。あとは簡単だろ？」

「Ａが80円。Ｂが３２０円。Ｃが１６０円。差は80円だから、答えは選択肢の５だな」

解答を見る。

　真昌の顔に笑みが浮かんだ。

「なるほどなー」

　何度もうなずく。

「判断推理問題も同じなんだけどさ。頭の中で考えてごちゃごちゃしてきた時は、問題の中の条件を図にしてみると整理できて、解を導くことができる。訓練すると、これが頭の中ですいすいできるようになるけど、別に頭ん中でできなくてもいいんだよ。要は、正答に行きつけばいいんだから。推理問題のポイントは、問題文の中にある条件だけを整理することと単位を合わせていくこと。さっきの問題の場合、Bを合わせれば、すべてが解決できただろう？　判断推理問題も同じこと。条件は縦に並べて書いてみると、わかりやすくなることが多い」

「そうなのか！　ちょっと他の問題もやってみるよ」

　真昌はやる気を取り戻し、また勉強を始めた。

　竜星は微笑んだ。

　真昌のいいところは、アドバイスを素直に吸収し、忘れないうちに反復しようとする姿勢だった。

「真昌、何か飲むか？」

声をかけるが、真昌は竜星の声が耳に入らないほど集中している。

竜星は真昌を置いて、部屋を出た。

リビングに行くと、古谷《ふるや》節子《せつこ》と楢山《ならやま》誠吾《せいご》がいた。

節子が家にいるのは普段と変わらない光景だが、楢山がずっと家にいるのには多少の違和感を覚える。

少し前まで、楢山は、昼間は金武《きん》の空手道場に入り浸り、自身の稽古《けいこ》と後進の指導で汗をかいていた。

しかし、長引く緊急事態宣言の影響と第五波の感染者増で、開いたばかりの新生金武道場も活動自粛を余儀なくされていた。

時間を持て余した楢山は、テレビを見ながら時々筋トレするのが日課となっている。

竜司《りゅうじ》の仏壇がある部屋の襖《ふすま》が開いている。

「母さんは？」

二人に訊く。

楢山が答えた。

「さっき、出て行った。なんか、仕事でトラブルがあったみたいでな」

「そう」

竜星の母、紗由美《さゆみ》は、勤めている会社に新設される人材派遣部門のシステム構築に関わっていた。

緊急事態宣言が続く中、ほとんどはテレワークで自宅勤務だったが、たまに現場へ出向くこともあった。

ただ、今日のように、トラブルでの急な出勤はめずらしかった。

「さんぴん茶、飲む？」

節子が訊く。

「うん」

竜星は返事をし、楢山の横に座った。テーブルに出ていたサーターアンダギーに手を伸ばし、かじる。

節子はキッチンに行き、冷たいさんぴん茶を注いだコップを持って、戻ってきた。竜星の前に差し出す。

「ありがとう」

竜星は口の中に残ったサーターアンダギーを酸味の利いたさんぴん茶で流し、飲み込んだ。

「真昌は？」

節子が対面に座り、竜星を見つめる。

「勉強してるよ」

「あいつ、昼めしも食ってねえぞ」

楢山が言う。

「集中してるんだよ。試験まで一カ月切ったからね」

竜星は手に持ったサーターアンダギーを食べきった。

「どうだ、真昌は？」

楢山が心配そうに訊く。節子も竜星に目を向けた。

「受かるかどうかはなんとも言えないけど、勝負できるところまでは来てるよ。あとは運かな。問題が真昌に合えば、いける」

竜星が答える。

「そう。真昌は大丈夫そうなの」

節子が笑顔を見せる。

「受けてみるまでわからないけど、期待はできるよ」

「なら、楽しみね」

節子は目尻に深い皺《しわ》を刻み、目を細めた。

「おまえはどうなんだ？」

楢山が訊いた。

「進路は決めたのか？」

「だいたいね」

「だいたいって、おまえ……。金のことなら、心配しなくても」

「そういうんじゃないんだよ」

楢山の言葉を遮《さえぎ》る。

竜星は進路を決めかねていた。

本当は端的に義肢装具士の道に歩もうかと考えていた。楢山を間近で見てきたせいもあり、そうした人たちの役に立つ仕事がしたいという思いは変わらない。

ただ、より貢献するためには、医学やロボット工学を専門的に学んだ方がいいのか、あるいは、まったく別の分野の勉強をして視野を広げた方がいいのか。

選択肢が広がるほどに、迷いが深くなる。

さらに、竜星を迷わせるのは、楢山の言う通り、学費と生活費の問題だった。

竜星が進みたい道の学費は、安くても入学金を含めて年間百万弱。それに生活費を加えると、三百万近くはかかるだろう。

奨学金をもらうか、特待生として授業料を免除してもらうという方法もあるが、県内で自宅から通える大学なり専門学校でない限り、二百万近い生活費は必須だ。

高校を卒業する前は、それもアルバイトを掛け持ちしてなんとか捻出しようと考えていたが、長引くコロナ禍で経済の先行きが見えない中、見切り発車することはできない。

何より、高校まで出してくれた母に、これ以上、負担はかけたくなかった。

とりあえず、どう選択しても受験はできるよう、大学入学共通テストの出願はするつもりだ。

が、その先のことは決めかねている。

いったん就職して金を貯め、それから自分の進みたい道の勉強をしても遅くないかと考えてもいる。

一つの道を見据えて邁進《まいしん》する真昌が、正直うらやましかった。

「これ、もらっていくね」

竜星はサーターアンダギーが入った皿とさんぴん茶のグラスを取って、立ち上がった。

「おい、竜星！」

楢山が呼び止めるが、振り向きもせず、自室に入り、ドアを閉めた。

「まったく……」

楢山はテーブルに右肘をかけ、ため息をついた。

「まあまあ、ゆっくり決めればいいんじゃないかしら。若いんだし」

節子が微笑んだ。

「今、こうだと決めても、十年後にはまったく想像もつかない場所に立っていることもある。その時、今こうして悩んでいることが無駄でないことはわかる。そうじゃなかった、檜山さんも？」

檜山を見やる。

「まあ、そうですけど……」

「これからもどう変わっていくかわからない。でも、時が来れば、答えは自ずと見つかるもの。その時をゆっくり待ってもいいんじゃないかしらねえ」

「そうさせてやりたい気持ちもなくはないんですがね。若い頃の一年二年は、無駄にしない方がいいってのもありますから」

「大丈夫よ、竜星は。信じて、見守ってあげましょう」

節子の微笑みに、檜山は小さく首肯《しゅこう》するしかなかった。

2

沖縄都市モノレール線、通称ゆいレールのおもろまち駅西側には、那覇新都心が広がっている。

ここは太平洋戦争当時、シュガーローフの戦いという激しい地上戦が行なわれた場所で、戦後は米軍の住宅地として接収されていた。

一九七三年より返還が開始され、一九八七年に全面返還が実現した後は、不発弾の処理や遺骨収集を経て、造成され、再開発が進んでいった。

立地的に那覇空港の制限表面区域外にあたるため、超高層ビルが次々と建てられ、大型ショッピングモールや商業施設も進出し、今では公園や娯楽施設も整備されて、国際通りをしのぐ沖縄の中心地となっている。

安達紗由美は、新都心公園東側にあるガラス張りの高層ビルに自家用の軽自動車で乗り付けた。

このビルの十五階から十七階の三フロアに、紗由美が勤める〈株式会社ゆいまーる〉がある。

ゆいまーるは、沖縄の方言で〝助け合い〟や〝共同作業〟といった絆を意味する言葉だ。コールセンターを主業《しゅぎょう》としている会社にはぴったりの社名だった。

以前は国際通りに近い場所にある小さなビルにオフィスを置いていたが、人材派遣事業を始めるにあたって、新都心の今のビルに移転した。

紗由美は百台は停められるビルの駐車場に車を置き、小走りでビル内へ入っていった。

エレベーターホールでエレベーターを待っていると、後ろから声をかけられた。

「紗由美さん！」

振り向くと、派手な巻き髪のタイトなスーツを着た女性が立っていた。

「あら、ゆかりちゃん。久しぶり」

笑顔を見せる。

知花《ちばな》ゆかりだった。歳は紗由美より一回り以上下だが、長い間、紗由美の下で努力し、今は紗由美に代わって、フロア主任を務めるまでに成長している。

紗由美はゆかりとエレベーターに乗り込んだ。

「コールセンターの方はどう？」

紗由美が訊く。

「私みたいな新人が増えて、ちょっと大変です」

ゆかりが苦笑する。

ゆかりは、夜の街で働いていたシングルマザーだった。七年前、ゆかりが三十路《みそじ》を迎えようとしていた頃、夜の街勤めに限界を感じ、ゆいまーるに面接に来た。

当初、社長や役員は難色を示したが、紗由美はそうした女性たちの積極的な採用を進言した。

夜の街で接客業に従事していた女性たちは、基本的なコミュニケーション能力は鍛《きた》えられていて、面倒くさい相手とのやりとりも慣れている。

また、コールセンターの人手不足が叫ばれる中、人材を確保するための一つの良策となり得るとも思った。

はたして、紗由美の読みは当たった。

夜の仕事に見切りをつけたい女性たちが噂を聞きつけ、ゆいまーるに集まるようになった。

しかし、問題もあった。

昼夜逆転生活を長く送ってきた者にとって、朝型生活に切り替えることは苦行に等しい。初めのうちは、みんな、日中に働いて夜に寝る、いわゆる〝普通の生活〟を夢見てがんばるのだが、数々の規則、長い拘束時間、安い月給などで心が折れ、元の生活に戻っていく人が続出した。

人は来るけれど、定着しない。

その事象は、ゆいまーるが人材派遣部門を始めるきっかけとなったが、短期労働で集めたところで、定着率の向上には寄与しない。

紗由美は仕事を教えつつ、彼女たちの悩みを聞いて少しずつ職場環境を整え、夜から昼への移行ができるよう、社内体制を改善していった。

ゆかりの場合、日中の仕事に切り替えるにあたって、二つ問題があった。

一つは、子供の保育所問題だ。ゆかりは、一人息子を夜間の保育所に預けていたが、日中の仕事に変わるため、昼に預かってくれる場所を探していた。しかし、なかなか見つからず、困っていた。

ゆかりの両親は県内にいる。が、事情があって、両親を頼るわけにもいかない。夜の街で働いている女性には、そうした訳ありの者も多い。

紗由美は会社と掛け合い、勤務時間中の託児所を設置するよう要望し、無認可の預かり所を作ってもらった。

もう一つは、他の転業者と同じく、日中の時間帯に体が慣れないという問題。

コールセンターは二十四時間稼働しているので、社内で、夜の街からの転業者は夜間専門に回せばいいという意見もあったが、それでは根本解決にならない。

紗由美は人事と話し合い、シフトを徐々に日中に切り替えていく仕組みを作り、まだ体を慣らしていない新人がいきなり日中フルタイムで働くことがないようにした。

また、シングルマザーにはある程度、時間の融通《ゆうずう》が利くようにしたことで、定着率は上がってきた。

さらに紗由美は、夜の街から転職してきた女性たちの相談に、親身になって乗ってきた。

紗由美自身、夜から昼へ暮らしを転換するのに苦労した。前職を知った人たちから、あらぬ噂を立てられたり、侮蔑《ぶべつ》されたりしたこともある。

職業に貴賤《きせん》はないと言うが、それは表向き。やはり、夜の仕事に就いていた者を憫笑《びんしょう》する人たちが多いのも現実だ。

その、目に見えにくい差別意識のようなものに嫌気がさす子も多く、紗由美は自身の経験も語りながら、彼女たちのメンタルもフォローしてきた。

紗由美が人材派遣部門へ移ることになった時、そうしたフォローアップの面が気がかりだった。

そこを引き受けてくれたのが、ゆかりだった。

ゆかりも、昼間の仕事やコールセンター内の人間関係に慣れるまで苦労した。くじけそうになるたび、紗由美が助け、支えてきた。

そして今では、紗由美に代わって、フロア主任を任されるまでになった。

ゆかりはいまだに派手な格好をしているが、それにも理由がある。

新しく入ってきた夜からの転職組の子に、こんな自分でも責任ある立場にまで上がって働けるということを見せたいのだという。

また、その格好のおかげで、転職組の子たちからの相談も多い。

ゆかりはしっかり、紗由美の後継として、コールセンターの中核を担っていた。

「やっぱ、コロナで夜の街は壊滅かあ」

紗由美が言った。

「ひどい状況みたいです。初めは、売り上げの少ない子が切られてたんですけど、あまりにお客さんがいなくて、トップの子まで出勤日数を減らされて。時短を無視して営業していたお店もずいぶん潰れて、働き口そのものがなくなっているそうです。営業を続けているところでは、過激なサービスを求められたりもするみたいで」

「それはきついね」

紗由美がため息をつく。

夜の仕事は、一度落ち始めると際限がない。そして、あまりに深く落ちてしまうと、這《は》い上がるのが難しくなる。

「そろそろ緊急事態宣言が明けるなんて話もあるから、戻りたそうにしている子もいるんだけど、明けてすぐ、以前のように内地とか外国からの観光客が戻ってくるわけでもないし。私としては、せっかく陽の下に戻ったんだから、そのままがんばってほしいなと思ってるんですけど」

ゆかりが力なく微笑む。

ゆかりも、夜の街で働く心労を肌身で知っている。それだけに、彼女たちがきつい思いをしないようにしてあげたいという気持ちが強いのだろう。

エレベーターが十五階で停まる。コールセンターのフロアだ。人材派遣システムの部屋は十七階にある。

ドアが開き、ゆかりが出ようとする。

「何かあったら、いつでも言ってね。揺れてる子がいたら、私から話してあげてもいいし」

「ありがとうございます。その時は遠慮なくお願いします」

ゆかりは微笑んで会釈し、エレベーターを降りた。

紗由美は十七階へ上がった。エレベーターから出るとすぐ、紗由美と共に派遣者管理システムの構築に関わっている田辺《たなべ》一馬《かずま》が駆け寄ってきた。

「安達さん、すみません。わざわざ来てもらって」

田辺が頭を下げる。

田辺は四十手前で、人材派遣部門を新設する際、新たに募集して入社してきた社員だ。前職はシステムエンジニアで、いずれは人材派遣部門のシステムを統括《とうかつ》してもらう予定だった。

「芦田さんと連絡が取れなくなったって、どういうこと？」

紗由美はオフィスに入りながら訊いた。

「そのままです。一週間ほど前から音信不通となって、行方知れずです」

田辺がついてきて、横で話す。

紗由美は他のスタッフに会釈した。

「一週間も前の話、なぜ今なの？」

「それは——」

田辺が口を開いた時、奥の方からタイトなスーツを着た男が駆け寄ってきた。

紗由美の前で立ち止まった。浅黒く陽に灼《や》けた顔が蒼《あお》くなっている様子が見て取れる。

「安達さん！　このたびは、弊社の芦田がご迷惑をおかけしてしまい、大変申し訳ございません！」

　深々と頭を下げる。

　彼は、丸山達也《まるやまたつや》。芦田洋介の同僚で、東京のＩＴ企業から長期出張してきているシステムエンジニアだった。

　今回、ゆいまーるの派遣登録者管理システムは、芦田が統括責任者として工程を進めていた。

「詳しい話を聞かせてもらえますか？」

　紗由美が言う。

「はい、もちろんです」

　丸山は大きく首肯した。

「こちらへ」

　田辺が紗由美と丸山を応接ブースに案内する。

　打ち合わせをする時はパーティションで仕切っただけの簡易会議室を使うが、田辺が二人を連れていったのはフロアの最奥にある、ドアで仕切られた部屋だった。

　紗由美は、状況が芳《かんば》しくないことを感じ取った。

　中へ入り、田辺は応接セットの奥に丸山を、向かいに紗由美を座らせた。

「何か飲みますか？」

丸山と紗由美を交互に見やる。

「私は大丈夫。丸山さんは？」

「僕も結構です」

「じゃあ、田辺君も」

紗由美は右横の席を目で指した。田辺は軽く頭を下げ、腰を下ろした。

紗由美が丸山に向き直る。

「芦田さん、どうされたんですか？　一週間前のことから、お聞かせ願えますか？」

「はい、実は……」

丸山が語り始めた。

「一週間前、私に一本のメッセージがありました。今から東京へ帰ると。あまりに急だったので、急いで芦田の部屋に行ったんですが、もういなくて。空港に向かったと思って、行ってみたんですが、そこにもいませんで。それから何度も連絡を入れたんですが、電話にも出ず、メッセージも既読にならずでして」

丸山は時々言葉を詰まらせながら、状況を話す。

「その後、田辺さんに事情を伝えました。幸い、ゆいまーる様の作業は、工程表通りに進んでいましたので、東京の本社とも相談して、緊急事態宣言下でもありますので、作業に支障のない一週間内に、芦田を探し出して、処理しようということになりました。ですが、この一週間、どこを探しても見つかりませんで……」

「それで、私にも連絡が来たということね」

紗由美が丸山を見つめる。

と、田辺が横から割って入った。

「僕が報告は後でいいと言ったせいもあるんです。事情がわからないうちに大騒ぎしてもと思いまして。すみません」

「報告が遅れたのは、いいとは言わないけど、仕方ないわね。大ごとにしたくないという気持ちはわかる」

紗由美は微笑み、丸山に顔を向けた。

「進捗《しんちょく》はどのくらい遅れます？」

「そちらは工程表通りに進めるつもりです。私が芦田に代わって現場を仕切ります。流れはわかっていますので。スタッフも東京から呼んで、増員体制で臨みます」

「ありがとうございます。では、システムの方はその予定でお願いします」

紗由美が言うと、丸山と田辺は安堵《あんど》したように息をつき、こわばった頬を緩めた。

「それより、芦田さんに何があったか、気になるわね。丸山さん、何か心当たりはないんですか？」

紗由美が訊いた。

丸山はちらっと田辺を見た。そして、少しうつむいて間を取り、やおら顔を上げた。

「実は……ここだけの話にしておいてほしいんですが」

丸山は前置きをした。

「芦田、このところ、ある女性に入れ込んでいまして……」

「どんな人？」

「……デリヘル嬢です」

丸山が言いにくそうに言葉を絞り出す。

「あらまあ、そうだったの」

紗由美はさらりと返した。

「芦田さん、真面目な方でしょうから、そういうこともあるかもしれませんね」

そう言い、微笑む。

丸山は紗由美の反応に驚き、目を丸くした。

「私も夜の街のことは少し知っていますから。優しくされて、彼女たちに嵌《は》まる男性はたくさん見てきました。芦田さん、溺《おぼ》れちゃったのかもしれませんね」

「いや……その通りです。お恥ずかしい話ですが」

丸山は渋い表情を覗かせた。

「お店と女の子の名前はわかる？」

「どうするんですか？」

田辺が訊く。

「調べてみるわ」

紗由美が言い切る。

「そんなこと、危ないですよ」

田辺が不安げな顔を見せる。

「そうです。こちらにこれ以上、ご迷惑はかけられません。芦田のことは私たちが責任をもって――」

丸山の発言を紗由美が遮った。

「大丈夫。地元に不慣れな人が動き回るより、私たちの方が何かつかめるでしょうし。万が一のことがあっても、私んちには頼もしい人がいるしね」

そう言い、にっこりと笑う。

「ああ」

田辺も微笑んで、大きくうなずいた。

丸山は事情がわからず、きょとんとしている。

「安達さんのダンナさん、沖縄県警の元刑事なんですよ」

田辺が言う。

「こらこら、ダンナじゃないよ。同居人」

田辺が苦笑した。

「あ、そうでしたね。すみません」

「そうなんですか」

丸山も笑う。

「そういうこと。だから、ご心配なく。事件性がありそうなら、うちの人を介して、警察に話を通すから」

「そうしていただけると助かります」

「じゃあ、システムの方は工程表通りによろしくお願いします。芦田さんの捜索は、任せてくれればいいから」

「ありがとうございます」

深々と頭を下げる丸山を見て、紗由美はうなずいた。

3

芦田は、市島が所有するマンションの一室に監禁されていた。

裸に剝かれた芦田の両手足はプラスチックカフで縛られ、口にはタオルを巻かれている。食事の時以外、タオルを外されることはなく、唾液が染みたタオルからはかびたような湿った臭いが立ち上っていた。

何も置かれていないフローリングには血や嘔吐物、排せつ物が散らばってこびりついている。

部屋の中は鼻がもげそうな異臭に満ちていた。

芦田の顔は腫れ上がり、全身は傷と痣だらけだ。

誰もいない薄暗い部屋に身を横たえている芦田は、虚《うつ》ろな目でフローリングを見つめていた。

部屋へ連れて来られて、二日ぐらいは時を感じていた。しかしもはや、何日経ったのか、今が昼なのか夜なのかもわからない。

どうでもいいという気分だ。

部屋には芦田しかいない。

リナとは離され、今、彼女がどこでどんな扱いを受けているのか、知る由もない。

一日に一回、市島が仲間と共に食事を持ってやってくる。

市島が言うことはいつも同じだ。

リナの身請けに一億円払うか、このまま野垂れ死にするか。

一億円を払うと言わない限り、その質問の後に暴行を受ける。食事はパン一つだが、口の中は切れ、胃は殴打で痛めつけられ、水も与えられない状況では、一口も飲み込めない。自分の姿を目にできるものは何もないものの、頬骨や肋骨、腰骨がフローリングにゴッゴッと当たる感覚で、肉体が痩せ衰えていることを感じていた。

この頃は、呼吸をするのもつらいときがある。

あと、どのくらい、もつのだろう……。

芦田は死の足音をほんのりと感じ取っていた。

ドアの向こうで、足が床を踏みしめた時の軋《きし》む音が聞こえた。

薄暗がりにずっといるせいか、聴覚が敏感になっている。

まもなく、ドアが開いた。

廊下の明かりが射しこみ、顔に当たる。芦田は腫れた目を細めた。

顔を少しだけ傾ける。市島の細い影が映った。

「がんばるねえ。体力と根性だけは一人前か」

市島は歩み寄ってきて、芦田の肩を靴底で押した。

芦田の体がぐらりと倒れ、仰向けになる。

市島はしゃがみ、芦田の顔を覗き込んだ。

「どうだ？　払う気になったか？」

右の口角を上げる。

「一億も……持っていない……」

「銀行でも消費者金融でも闇金でも借りまくりゃいいじゃねえか。会社の金をパクってもいい。なんなら、金持ってるじいさんばあさんの家を紹介してやってもいいぞ」

「そんなこと、できるか……」

芦田は声を絞り出し、市島を睨んだ。

「おー、まだ牙《きば》を剝く気力があるんだねえ。おまえ、案外、骨あるな。おれ、根性あるヤツは嫌いじゃねえよ。この頃のガキは、自分が損すると思えば、すぐ寝返る。まあ、そういう連中も使い勝手がいいんで、悪くないんだけどさ」

市島はぐっと顔を近づけた。

「けどよ。おまえが意地張りゃあ張るほど、リナが大変なんだよな」

リナの名を聞いて、芦田は目を剝いた。

「彼女に何をしているんだ！」

「声も出るじゃねえか」

「何をしてる！」

芦田は市島の左足首をつかんだ。しかし、力はあまり入らない。

市島は足首を握らせたまま、言った。

「壊れちまうぞ、あの女」

にやりとする。

芦田は市島の胸ぐらをつかんだ。上半身を起こす。

「リナちゃんに何かあったら——」

「何があるんだ？」

市島は芦田の首裏に右手を当てた。

引き寄せ、頭突きをかます。

鼻梁《びりょう》が歪んだ。

手を離すと、芦田は背中から倒れ、床に後頭部を打ちつけた。頭部がバウンドし、鼻から流れる血が飛散した。

「リナが無事でいられるかどうかは、おまえの返事次第だ。おまえの言う〝何か〟が起こったとすれば、それはおまえのせいだ。おまえが金を出し渋ったせいで、あの女は——」

「わかった！　待ってくれ！」

芦田は声を張り上げた。

大きく胸を膨らませて、呼吸をする。

「金は用意する」

「どうするつもりだ？」

「会社が保有している暗号資産の一部を売る」

「盗むのか？」

「拝借するだけだ。いずれ、返す」

「どこにあるんだよ、暗号資産は？」

「社長室の金庫に保管している」

芦田が言うと、市島はにやりとした。

それを見て、芦田はすぐ釘《くぎ》を刺した。

「君たちが盗んだところで、金にはならないぞ。パスフレーズがわからない限り、データの取引はできない」

「なんだ？　そのパスフレーズというのは」

「パスワードのようなものだ。一つの文章になっていることが多い」

「へえ、そんなのがあるんだな」

市島は感心してみせる。

「でも、おまえが一部を拝借して売るということは、パスフレーズを知っているんだろ？」

にやりとした。

芦田の顔が一瞬強ばった。

「知らん」

否定するものの、市島は見透かしたように目を細めた。

「本当に知らない。社長に事情を話して、借りるつもりだ」

「おれたちのことを話すってのか？　それとも、自分の恥部を暴露するのか？　現実的じゃねえなあ。まあいい。パクってくるわ」

「それじゃあ、意味がないと――」

「おまえがパスフレーズを知ってりゃ、それでよし。知らねえなら、おまえんとこの社長を脅すか、どこかに横流しするかで金にはなる。その金が入ったら、おまえとリナは解放してやるよ。おれたちの件は絶対口外しねえって条件でな」

市島は立ち上がった。背を向け、仲間と共にドア口へ歩いていく。

仲間の一人が、手に持っていたパンを床に放った。

「待て！　待ってくれ！」

芦田が仲間の男の足にしがみつく。

男は芦田の顎を蹴り上げた。

芦田は仰向けに倒れ、白目を剝いて、意識を失った。

4

タクシー運転手を生業《なりわい》としている内間《うちま》孝行《たかゆき》は、沖縄一の歓楽街、那覇市の松山を流していた。

「今日もいないなあ……」

思わず、ぼやく。

緊急事態宣言が長引く中、昼夜問わず、街から人が消えた。

沖縄は、ゆいレールができたとはいえ、まだまだ基本は車社会なので、おじいやおばあの送迎の需要はあるものの、それだけではとても食えるほどの収入はない。

やはり、夜間の需要が待たれる。

緊急事態宣言が出た頃は夜の街をふらふらする者も案外いたが、コロナ禍が長引くにつれ徐々に人流は減り、今では店自体も完全に閉まっている状況だ。

一部開店している店舗に人は集まるものの、午後九時を回る頃には街も閑散とするありさまだった。

それでもタクシーは繁華街に集まる。数少ないとはいえ、やはり、夜の客はおいしい。

ただ、タクシーが集まりすぎて、結局、無駄足を踏むことも多々あった。

新型コロナウイルスの感染拡大に伴う緊急事態宣言がなかなか解除されない中、夜の飲食店もさることながら、タクシーの運転手を辞める者も多くいた。

内間が所属している会社のドライバーも半数に減った。個人タクシーも大きく数を減らしている。

この先、タクシーの運転手として生きていけるのか、不安はある。

しかし、内間には他の職業は考えられず、貯蓄を切り崩しながらドライバーとして粘っていた。

とはいえ、それもどこまで続くのだろう……と思っているのも事実だ。

「こっちには戻りたくねえなあ」

明かりの消えた繁華街を回りながらこぼす。

散々、夜の街で生きてきた。働いていたこともあれば、ただふらふらと遊び歩いていたこともある。

そこからようやく抜け出して、陽の下での生活を少しずつ育んできた。

きつくても、つらくても、陽を浴びる生活は手放したくない。

「もう一つ、仕事を探すしかねえかな」

ため息とともに、十字路で車を停める。

フロントガラス越しに通りを見回す。人がいない。

「今日も空振りか……」

もう一度、ため息をついて、車を出そうとした。

が、ブレーキを踏みなおす。

「あれ……？」

向かって右手の通りに軽自動車が停まっていた。ふとナンバーを見やる。

「あれ？　これ、楢山さんの？」

街や金武道場で楢山が乗ってきていた車種とナンバーが同じだった。

「楢山さんが来てるんかなあ」

じっと見つめる。

と、車から女性が降りてきた。

「楢山さんの車に乗っている女性ってことは……」

目を凝らす。

たしか、真昌が、竜星の母親はショートカットでスラっとしてて、カッコいい女性だと言っていた。でも、本当に怖いとも付け加えていた。

降りてきた女性はまさに、真昌が口にしていたような女性だった。

間違いない。竜星の母、安達紗由美だ。

しかし……。

「何やってんだ、こんなところで」

気づかれないよう首をすくめ、紗由美の様子を見つめる。

紗由美は手に持ったメモのようなものと目の前のビルを何度も見比べると、ビルの中へ入っていった。

古い雑居ビルだが、内間は目を丸くした。

「なんで、あんなところに？」

そこは上から下までデリヘルの店舗が入っているビルで、松山の繁華街を知る者には有名なビルだった。

「まさか……」

つぶやき、顔を大きく振る。

「そんなわけねえ」

内間は独《ひと》り言《ご》ちて笑い、否定する。だがすぐに、真顔になる。

竜星が学費について心配しているという話は、楢山からなんとなく耳にしていた。

その学費を稼ぐために……。

「いやいやいやいや」

再び、顔を大きく横に振る。

紗由美が夜の街で働いていたらしいことは、周りからそれとなく聞いていた。

でも、だからこそ、安易に夜の仕事には戻らないはずだと内間は思う。

地底から地上に出た者は、二度と暗闇に戻りたくないはずだから。

何か、理由があるのだろうと思う。

しかし、場所が場所だ。

紗由美が入っていったデリヘルビルの明かりは消えているが、営業していることはわかっている。

そこはたいした問題ではない。

緊急事態宣言下、活動自粛要請を無視していわゆる〝闇営業〟を続けている飲食店や風俗店は一定数ある。

問題は、そのビル自体にあった。

内間の耳には、かつてのつながりもあり、夜の街の噂はいろいろと入ってくる。

紗由美の入っていったビルは、かつて、座間味《ざまみ》組が所有していたものだ。

組が潰された後、所有者が転々としていたが、今はユウジングループという会社が所有している。

ユウジングループは、首都圏で風俗店をチェーン展開しているらしく、沖縄県が緊急事態宣言に入る前に、島で店舗展開を始めた。

当初はキャバクラ店をオープンさせ、首都圏各店舗からの選《え》りすぐりを呼んで、松山でも話題を集めた。

その勢いに乗って、ユウジングループは今のビルを買い、自社のキャバクラ店の他、デリバリーヘルス店も開設し、一躍松山の夜の主役に躍り出た。

しかし、緊急事態が宣言された後は、徐々に客足が遠のき、県や県民の監視も強まって、やむなくキャバクラ店は閉鎖、裏でデリヘルを続けるようになった。

ユウジングループの社長には会ったこともない。噂に聞くだけだが、東京の半グレグループのリーダーだった男ではないかという話も漏れ伝わってくる。

噂に振り回されても仕方ないが、火のないところに煙は立たない。

内間たちが練り歩いていた頃は、島には島のルールがあり、そこで一定の歯止めが利いていたが、内地の人間やインバウンドによって増加した外国人たちが街の色を変えつつあるのを感じる。

好ましくない方向で……。

紗由美に何か事情があるなら、見て見ぬふりをしてあげるほうがいいのか。せめて、楢山には一報入れといたほうがいいのか。

「どうするかなあ……」

考えあぐねていると、後ろからクラクションを鳴らされた。

「うるせえぞ！」

バックミラーを覗いて怒鳴り、車を進めた。

そして、十字路を進んだところで路肩に停車した。

「やっぱ、ほっとけねえな」

エンジンを切る。

と、多少千鳥足《ちどりあし》の若い男がドアを叩いた。

「おい、おっさん。ドア開けろ！」

ドンドンと窓を叩く。

内間は運転席の窓を開けた。

「わっさいびーん。貸切さー」

「空車になってるじゃないか！」

「あー、これね」

表示を〝貸切〟に変える。

「てめえ、俺を乗せない気か！」

男が勢い、ドアを蹴った。

内間はドアを開けて、車を降りた。

笑いながら男の胸ぐらをつかんで、引き寄せ、顔を近づける。

「やー、たっ殺《くる》すよ」

真顔になり、低い声で言う。

たちまち男は蒼ざめた。手を放すと、そそくさと逃げていった。

内間はため息をついた。

男はおそらく、言葉づかいからみて、内地から来た者だろう。街に増えた〝輩《やから》〟だ。

本当によそ者に荒らされるのは耐え難いが、それも時代の流れで仕方ないのか。

内間は運転席の窓を上げてドアを閉め、ロックをして、紗由美が入っていったビルに小走りで向かった。

5

紗由美はエレベーターでビルの五階まで上がった。

降りてすぐエントランス続きにドアがある。ワンフロアに一室の造りになっている。

ドアに店名表示はない。デリヘル店は、店に客が来るわけではないので、女の子が集まる場所に看板を上げておく必要もない。

ただ、客に名刺を渡すときは、店名と連絡先は必要だ。個人で管理しているデリヘル店だと、なかなか待機場所の特定は難しいが、ユウジングループのように会社組織で運営しているところは、電話番号や所属店舗名から、デリヘル嬢が待機する場所は特定できる。

紗由美はエントランスを見渡した。

ドアの上右とエレベーター側の左上に監視カメラが取り付けられている。違法ぎりぎりの店舗ではよくあることだ。

非常階段の防火ドアのノブを回してみるが、鍵がかかっている。

紗由美はインターホンを押した。

ジジジッとカメラが動く音がした。中から確認しているようだ。

やや間があって、インターホンがつながった。

――どちらさまでしょうか？

男の声だ。三十前後といったところだろうか。張りはあるが、幼さは抜けきった声色だった。

「安達と申します。こちらに籍を置いているリナさんのことについて、少々お聞きしたいことがあるのですが」

紗由美が言った。

男がインターホンの向こうで押し黙る。

――少々お待ちください。

通話が切れる。

紗由美は周りを見回しながら、手持ち無沙汰に体を揺らし、待っていた。

中で男が何をしているのか、だいたい想像がつく。モニターで紗由美の姿を見ながら、どう対処するかをほかの仲間と話し合っているか、あるいは、上の者に連絡して、伺いを立てているのだろう。

風俗店の敵は二つある。

一つは警察。摘発されれば、しのぎを失うことになるからだ。

もう一つは同業者。性風俗店の経営は裏社会と密接に絡み合っている。自分たちが裏社会と関係なくても、他のその筋の同業者が利権を狙って潰しに来ることもある。

風俗店経営者にとって、仲間と上客以外は、警戒すべき人間なのだ。

突然訪問してきた、しかも中年の女となれば、警戒されても仕方ない。

数分待たされ、ようやくインターホンから声が聞こえてきた。

——お待たせして申し訳ありませんでした。ここ二年の名簿を調べてみたのですが、うちにリナという名前の女の子はいなかったですね。本名でも源氏名でも。

「そうですか。わざわざすみませんでした。あ、もう一つよろしいですか？」

——うちでわかることでしたら。

尖っていた男の声が若干和らいだ。

紗由美が納得したと思ったからだろう。内心ほくそ笑みつつ、訊いた。

「芦田洋介さんという男性を捜しているんですけど、知りませんか？」

とたん、男がインターホンの先で、息を詰めたのがわかった。

紗由美から男の姿は見えない。しかし、雰囲気が極端に変わるときは、インターホン越しでもその緊迫感というか、焦燥感のようなものが伝わってくる。

やや間があって、返事が返ってきた。

――個々のお客さんのことは存じ上げません。

声が強ばっていた。

紗由美は顔をうつむけ、にやっとした。

「そうですか、ありがとうございます」

顔を上げて、インターホンのカメラに微笑みかけ、背を向けた。

エレベーターのボタンを押す。監視カメラがジジジッと音を立てて動き、紗由美を追っていた。カメラ本体の動く音が止まらないことから、紗由美の姿を丹念に撮影している様子が感じられる。

知ってるね、こいつら――。

思いつつ、振り返らず、エレベーターに乗り込み、ドアを閉めた。

箱の中でほおっと息をつく。冷静にしていたつもりでも、気が張っていたことに気づき、苦笑する。

ビルから出ると、紗由美の軽自動車の陰から突然男が現われ、近づいてきた。

紗由美は身構え、男を睨んだ。

「いきなり、すんません。無事だったですか？」

「……誰？」

怪訝《けげん》そうに目を細める。

「内間と言います。楢山さんにはいろいろと世話になってます」

「内間……。ああ、ひょっとしてタクシー運転手の？」

「そうです、そうです」

内間はほっとしたように笑みを覗かせた。

「お会いするのは初めてよね？」

「はい。自分も楢山さんや竜星や真昌からはちょこっと安達さんの話は伺っているんですけど、ご挨拶する機会がありませんで」

「よく、私ってわかったね？」

「車が、楢山さんが乗ってるものと同じだったもので。仕事柄つい、路駐する車を見てしまう癖があるんですよ。それと、真昌が、竜星のお母さんはショートカットでスラっとしてカッコいいと言ってたもので、そうかなと思いまして」

「あら、真昌もいいこと言うじゃない。ほかに何か言ってなかった？　あのおばさん、怖いとか」

「あ、いや、それは……」

しどろもどろになる内間を見て、紗由美が笑った。

「いいのよ。真昌にいいこと言われっぱなしってのも気持ち悪いから。で、なぜ、こんなとこで待ってたわけ？　ここに用？」

ちらっとビルを見やる。

「いや、違いますよ！」

あわてて、否定する。

「たぶん、安達さんだと思った女性がこんなビルに入っていくので、何かあったらいけないと思って、待ってたんです」

「こんなビルって？」

「知らないで来たんですか？」

内間は目を丸くした。

「デリヘル店が入っていることは知ってるけど、このビル自体がどういうところなのかは知らないわ」

「デリヘル店に用事で？」

内間はちらちらと紗由美の顔を見た。

「私が働くわけじゃないよ」

紗由美は察して、微笑んだ。

「でしょうね」

内間が安堵したように目元をほころばせる。

「ねえ、こんなビルって、どういう意味かしら」

紗由美は改めて訊いた。

と、内間が紗由美の近くに歩み寄ってきた。周囲を少し見回し、顔を寄せる。

「ここは元々、座間味組が所有していたビルなんですけどね。今のオーナーは、東京の半グレグループじゃないかって噂です」

「へえ、そうなの」

紗由美が返す。

まったく動じていない紗由美を見て、内間は驚いた。

「そうなのって……」

「うちの人とか真昌から、私の昔の話とか聞いてない？」

「細かいことは何も」

「そう。私も昔は夜の街できわどい仕事してたから、こういうところは平気なの。危ないニオイにも敏感だしね」

「なら、いいんですけど」

「ひょっとして、心配して待っててくれたの？」

紗由美が見つめると、内間は照れたように目を伏せた。

「実は、ちょっと仕事がらみで人を捜していてね。その人が、デリヘル店と関係があったみたいだから、訊きに来てみたの」

「そうでしたか。で、その捜し人は見つかったんですか？」

「空振り。でも、何か知ってるみたい。もう少し、探ってみるわ」

「いやいや、ヤバいですって」

「大丈夫よ。うちの人には内緒にしてね。心配かけちゃうから」

「いやいやいや、待ってください。俺も知ったからには黙っていることはできません。ちょっと俺のほうで調べてみるんで、捜してるヤツの名前とか教えてくれませんか？」

「悪いよ。うちの会社のことだから。仕事もあるでしょ？」

「いやいや、いやいやいや、ホントちょっと調べさせてください。タクシーは見ての通り、商売あがったりですし、安達さんに万が一何かあったら、楢山さんに顔が立たないんで。お願いします」

内間が深々と頭を下げる。

他人に任せるのは気が進まないが、内間が頭を上げる様子はない。

「しょうがないな……」

紗由美は微笑んだ。

「電話番号教えてくれる？」

「はい！」

内間は上体をがばっと起こし、後ろポケットからスマートフォンを取り出した。

内間が番号を教えると、紗由美はその場でショートメッセージを入れた。自分の番号通知を送った後、芦田とリナの名前も送る。

「これでやりとりしましょう。じゃあ、少し任せるけど、危ない真似はしないようにね」

「大丈夫です。俺も今は昼間の人間ですから。いつまでに調べておけばいいですか？」

「長くて一週間ってとこかな。それまでに何もわからなければ、それはそれでいいから」

「そのあとは、自分で捜すってことですか？」

内間がじっと見つめる。

「捜さないわよ。芦田さんのご親族に連絡を取って、事情を話して、場合によっては捜索願を出すわ」

「そのほうがいいです。じゃあ、さっそく俺は動きますんで。安達さんはどうぞ、おかえりください。こんなとこに長居してるのはよくねえ」

「ありがとう。ほんと、無理しないでね」

「わかってますよ。行ってください」

内間が促す。

紗由美は運転席に乗り込んで、エンジンをかけた。助手席側の窓を開け、声をかける。

「何かあったら、すぐ連絡ちょうだいね。内間君が危なくなった時もすぐにね」

紗由美が言うと、内間は笑顔でうなずいた。

車を出し、バックミラーで確認する。内間はまた深々と頭を下げていた。

「その筋の人じゃないんだから」

紗由美は苦笑し、その場から去った。

6

芦田が在籍する株式会社〈オプテク〉本社は、東京都渋谷区神宮前にあった。

東京メトロ銀座線外苑前駅から西へ徒歩五分の、オフィスビルと住宅が混在する場所に建つ三階建てのマンションだ。全室借り上げ、オフィスに転用している。

正面入り口からはエレベーターしかなく、非常階段は外階段と併用になっていた。

オプテクは、大手電機メーカーでシステムエンジニアとして働いていた森本《もりもと》一平《いっぺい》が三十代半ばで退職し、独立して起ち上げた。

十年が経ち、わずか五人で始めた会社も、今では従業員百名を超す企業にまで成長している。

当初は、中小企業のシステム、ウェブサイトの構築を主業としていたが、今ではコンサルティングや技術者の派遣事業も手掛けている。

新型コロナウイルスの蔓延で多くの会社がリモートワークの導入を迫られたが、オプテクのようなＩＴ企業には、それも追い風となった。

大手、中小問わず、リモートワークを継続するための社内システムの構築は必須で、またシステムを運営管理するための技術者の需要も増している。

多くの企業が売り上げを落とす中、オプテクは右肩上がりの成長を続けていた。

コロナ禍ということもあり、今、出社しているのは森本を含めた数名のみ。派遣されている社員以外はほぼリモートワークに切り替えている。

出社してきた社員にも、電車が混む前に帰るよう促している。

まだ、午後八時を回ったところだが、オフィスには森本一人となっていた。

周囲の飲食店も時短営業の自粛要請を受け、すでに閉店していて、街全体が薄暗い。

森本も早く帰ってのんびりしたいところだが、緊急事態宣言の解除を受けて、処理しておくべき案件も多く、なかなかオフィスを離れられない。

森本は手を止めて息をつき、伸びをした。

席を立って、コーヒーサーバーにゆっくりと歩み寄る。

フラスコのコーヒーをカップに注ぎ、一口含む。

ふと、芦田の席に目がいった。

「何やってんだ、あいつは……」

つい、こぼれる。

芦田が行方知れずになったと聞いて、もう二週間が過ぎている。

様々な噂が入ってくる。

女に入れ込んだとか、精神的ストレスで逃げだしたとか、引き抜かれて外国にいるとか。

しかし、森本は本人から連絡があるまでは、どの情報も信じていなかった。

芦田は創立間もない頃から、共に苦労してきた仲間だ。

森本の下で面倒を引き受けてくれて、次々と入ってくる若手社員のまとめ役にもなってくれていた。

森本は、そんな芦田を頼りにし、多少甘えていた部分もあったかなと自戒していた。

気づかないうちに、過度な精神的負担をかけていたかもしれない。

ともかく早く、芦田本人と会って話したいと思っていた。

ピッと音がした。

自分のデスクに戻った。

「誰だ？」

夜間の従業員用のドアが開けられたようだ。

エレベーターも外階段からのドアも、従業員専用のＩＤカードがなければ使用できないようになっている。

サブモニターに管理画面を表示する。ＩＤカードは三階の外階段のドアで使われていた。ＩＤ番号から当該社員のデータを出す。

芦田の社員証だった。

森本は立ち上がって、オフィスのドア口まで走った。

「芦田！」

半透明のガラスドアを開ける。

ドアから外へ踏み出した。

瞬間、目の前に拳の影が迫った。

鼻先に拳がめり込んだ。

森本の脳が揺れた。後方に飛ばされ、足がもつれて仰向けに倒れる。フロアで後頭部を打ちつけた。意識が朦朧とする。

鼻の奥が熱い。口の中に血の味が満ちる。

「人がいるじゃねえか」

男の声が聞こえる。

声がしたほうに視線を向ける。二つの影が揺れていた。二人とも黒いマスクをして、キャップをかぶっていて、顔はよくわからない。

一人がしゃがんで顔を近づけた。胸ぐらをつかむ。

「おい、社長室はどこだ？」

ぐらぐらと揺らす。

森本は力が入らず、声を出せなかった。

「ほっとけ。奥だって言ってただろう」

もう一人の男が言った。

森本をつかんだ男は手を放して立ち上がり、もう一人の男と共に奥へ走っていった。

待て……と怒鳴るが、声にならない。

血が溢れる鼻周りの動悸を感じながら、天井を見つめる。手指を動かしてみる。痺れてはいるが、少しずつ感覚が戻ってきていた。

男たちの気配がフロアの奥へ消えた。

森本はゆっくりと上体を起こした。椅子に手をついて、立ち上がる。

そのまま机に手をかけながら、男たちにばれないよう、オフィスを出た。

壁伝いに外階段へ向かう。

とにかく、男たちから離れて、警察へ連絡しなければ——。

膝が崩れそうになりながらも、なんとか外階段のドアまでたどり着く。

森本はドアを開けた。

そこに、大柄の男が立っていた。

「なんだ、おまえ？」

森本を見据える。

森本の顔が引きつった。

まもなく、男の拳が、血まみれの森本の口元に炸裂《さくれつ》した。

男二人は、曇りガラスに囲まれた社長室をあさっていた。

「金庫なんてねえじゃねえか！」

一人の男がわめき、デスクのモニターを腹立ちまぎれに床に叩きつける。破片が四散する。

もう一人の男も、デスクやスチール棚の書類を床にぶちまけていた。

そこに、大柄の男が入ってきた。

「見つかったか？」

声をかけると、二人が動きを止めた。

「いや、ないっす」

一人が言う。

大柄の男は足の踏み場もないほど物が散らばった床を見て、ため息をついた。

「おまえら、使えねえなあ」

大柄の男はこぼし、右手につかんでいた森本をフロアに放り投げた。

森本は、顔の形がなくなるほど殴られていた。血をまき散らして横たわり、肩で息を継いでいる。

「こいつ、なんなんですか？」

もう一人の男が訊いた。

「逃げようとしてた」

「なんだと、こら！」

近くにいた男が腹を蹴り上げる。森本の体が浮く。

森本は血混じりの胃液を嘔吐した。

「おいおい、乱暴に扱うな。ここの社長様だぞ」

「まじっすか！」

蹴った男が目を丸くする。

「おまえ、社長の顔くらい確認しとけよ。ここになけりゃ、家に押し入る予定だっただろうが」

睨む。

「すんません……」

男は首を縮こめた。

大柄の男がしゃがんだ。森本の体を仰向けにさせる。

「金庫はどこだ？」

「そんなもんはない……」

声を絞り出す。

「そうかい」

大柄の男の右目尻が笑うように上がる。

散乱した物の中に目を向け、ペーパーナイフを手にした。腹の上にまたがり、森本の右手のひらを握る。

指の骨が折れそうなほどの握力に、森本が相貌を歪めた。

「爪、剝《は》がされたことあるか？」

大柄の男は、森本の中指の爪の間にペーパーナイフの先を少し入れた。

「金庫は？」

男が訊く。

森本は答えなかった。

男は容赦なく、先端を爪の間に差し込んだ。

森本が絶叫した。痛いなんて言葉では表現できないほどの苦痛だった。手のひらどころか、脳まで激痛で痺れる。

めりめりっと爪が浮き上がる。無理やり剝がされたところから血が噴き出る。

「切ねえだろ、爪剝がされるのは」

男は深く入れたペーパーナイフを立てた。

爪が根元から剝がれ、床に飛んだ。

鼓膜を破りそうなほど大きな叫び声が部屋に響いた。

「早くゲロしねえと、足の爪までなくなるぞ」

男は狂気じみた笑みを濃くし、人差し指の爪の間にペーパーナイフを差し入れる。そしてまた、容赦なく剝いだ。

森本の額から脂汗が噴き出した。あまりの痛みに悲鳴が掠れる。

先に侵入した男二人は、笑いながら爪を剝ぐ大柄の男を見やり、顔を強ばらせた。

男が森本の薬指の爪の間にペーパーナイフの先を刺した時、森本の体がびくっと痙攣《けいれん》した。

「抵抗しても無駄だぞ。早く吐いちまわねえと――」

男が森本を見やる。

森本は目を見開いていた。痙攣は大きくなり、口から泡が出だした。

「あーあ……」

大柄の男が立ち上がる。

他の二人が恐る恐る森本を覗き込んだ。

森本は蟹のように泡を吹きながら、みるみる蒼ざめていった。目の焦点も合っていない。

体は浮き上がるほど痙攣していた。

そしてまもなく、大きく仰け反って動かなくなった。

「あ……えっ？」

二人の男が顔を見合わせる。一人の男が大柄の男を見やった。

「馬淵《まぶち》さん。ひょっとして……」

「ああ、死んじまったみたいだな。ショック死ってやつだ」

大柄の男は冷たく森本を見下ろした。

こともなげに死を告げる男を見て、二人の男は蒼白になった。

「たった指三本で死なれちゃ、かなわねえよなあ」

大柄の男が、二人の男に顔を向けた。

二人ともうなずくしかなかった。笑みを作るが、ひきつる。

「さっさと金庫を探せ。見つけられなかったら、おまえらもこうだぞ」

言って、森本を蹴る。

絶命した森本が横向きになる。

男たちは息を呑み、急いで金庫を探し始めた。

第二章

1

警視庁生活安全部サイバー犯罪対策課に勤務する益《ます》尾《お》徹《とおる》は、多忙を極める毎日を送っていた。

コロナ禍でリモートワークが増えていくに従って、インターネット犯罪も急増している。

インターネット接続中に警告アラートを表示し、詐欺サイトに誘導するものや、メールや携帯のメッセージ機能を使ったフィッシング詐欺、ＳＮＳを利用した詐欺や売春、薬物売買、闇バイトの求人募集など――。

家にいる時間が長くなり、ネット人口が増加する中、インターネットに慣れていない人たちをカモにしようとする犯罪者たちも活発に蠢《うごめ》いていた。

「係長、売春を斡旋《あっせん》していたＫのＩＰアドレスがわかりました」

部下が席についたまま、報告する。

「すぐ、情報開示請求してくれ」

益尾は指示をした。

「セキュリティーアプリを装ったフィッシングの拠点、フィリピンにありそうですね」

他の部下が報告する。

「外事と組対四課に連絡を入れて協力を仰げ」

「わかりました」

部下がすぐ、席を立つ。

益尾はモニターを見据え、他の部下から上がってくる報告に目を通していた。

と、課長の菅原《すがわら》がデスクに歩み寄ってきた。

「状況はどうだ？」

声をかける。

「事案数の増加が止まりませんね。根本的な対策が必要かもしれません」

「そうだな。ちょっといいか」

目でオフィスの外を指す。

「はい。三田《みた》君、少し離れるので、よろしく」

益尾は係長補佐として自分のバックアップをしてくれている三田茜《あかね》に声をかけた。

茜は首肯し、業務に戻った。

菅原と共にオフィスを出て、廊下を右手に進む。菅原が、少し歩いたところにある小会議室のドアを開けた。

「お待たせしました」

菅原が先に中へ入り、挨拶をする。益尾が続いた。

左側の長テーブルの席に、刑事部捜査第一課の中込《なかごめ》課長と、捜査共助課第二捜査共助捜査共助係の新村弘美《にいむらひろみ》係長が座っていた。

捜査共助課は、指名手配犯の捜査や広域捜査事案に関することで各都道府県警と調整する役割を担う部署だ。

菅原が右奥の席に座る。

益尾はテーブルの端で会釈をした。

「益尾君、忙しいところ申し訳ないね」

中込が言う。

「いえ。このメンバーを見る限り、面倒な殺人事案のようですね」

益尾は居並ぶ人を見回し、菅原の隣に腰を下ろした。

「察しがいいな」

中込がにやりとする。

小柄で、ブルドッグのような顔をした強面《こわもて》の中年男性だが、推理眼は誰よりも鋭く、的確な判断や指示にも定評がある。

益尾も、サイバー絡みの強盗や殺人といった凶悪事件が起こった際は、中込の見立てを頼りにしていた。

「新村さんがいるということは、僕に中込さんのところの捜査を手伝えということですか？」

弘美を見やる。

「そういうことになりますね」

弘美は長い髪を揺らし、首を傾け微笑んだ。

サイバー班の中もいろいろだ。高度な専門知識を持ち、専従で投稿やメールなどの追跡をしている者もいれば、データ解析に傾注している者もいる。

かたや、益尾たちのように他部署と連携し、犯人検挙に向け、情報収集をしている者たちもいた。

「どういう案件ですか？」

益尾は中込に顔を向けた。

「三日前のことだが、オプテクの社長、森本一平が何者かに殺害された」

中込が言う。

「オプテクですか」

益尾の表情が険しくなる。

オプテクは、一度、サイバー班で事案に関わったことがある。

オプテクがグロース市場に上場した一年後、株価が急騰した。その際、株価操縦が疑われ、サイバー班が社内や関係者のパソコン内のデータを解析した。

結果、株価操縦の事実を示す証拠は出てこなかったものの、限りなく黒に近いグレーとみなされ、関係部署はその後もオプテクを注視していた。

「殺害状況は？」

益尾が訊く。

「爪を剝がされていた」

「外傷性ショックですか？」

「いや、ホトケさんの出血はそこまでひどくない。鑑識は心因性ショックだろうとみている」

「拷問されたということですか」

「かもしれんな」

中込が唇をへの字に結ぶ。

弘美がノートパソコンを操作し、益尾に差し出した。

「現場の状況です」

弘美が言う。

益尾は自分の下に寄せて、モニターを見た。竜巻でも通ったのかと思うほど、あらゆるものが破壊され散乱している。

ただ、よく見ると、デスクの引き出し周りやスチール棚といった収納回りに物が散らばっていた。

「これ、単なる強盗でもなさそうですね」

益尾がつぶやく。

「さすがだねえ、益尾氏は」

中込は片笑みを覗かせた。

「あきらかに、何か探している感じですね」

弘美も言う。

本来なら、現場で直接確認するのが一番だが、写真でも注意深く見ればわかることはたくさんある。

たとえば、引き出しの開け方だ。強盗であれば、引き出しはランダムに開いているが、窃盗目的の者なら無駄なところは閉まったままで、下から順に開けていることが多い。

散乱状況も参考になる。暴力目的であれば、破壊された物に特徴はなく、全般的に壊されているが、モニターに映る写真は、書類棚や引き出しの中など、ある特定の場所とその中身が主に散らばっている。

そのことから考えると、森本への暴行目的というより、何かを探していたとみるほうが状況に合致する。

「仕事がらみのトラブルでもあったんでしょうか？」

益尾が口にした。

オフィスを荒らされていることから考えて、個人のトラブルとは考えにくい。森本個人のトラブルであれば、もっと狙いやすい場所で襲うだろうから。

中込が口を開く。

「今、うちはその線で調べてるんだがな。たいした話は出て来ない」

顔の皺を濃くして、渋い顔を覗かせる。

「仕事がらみではないと？」

「それを君に調べてもらおうというわけだ」

菅原が割って入った。

「うちも手が足りなくてな。おまえなら、任せられると思って、菅原さんにお願いしたんだよ」

中込が言う。

「頼めるかな、益尾君」

菅原が益尾を見やる。

「新村さんが来ているということは、もう手配が終わっているということでしょう？」

益尾は苦笑した。

「いいですよ」

「すまんな」

中込が小さく頭を下げる。

「たまには外回りも悪くないです。で、僕は何を担当するんです？」

「仕事がらみの件をおまえに回そうかと思ってるんだ。うちの者は、森本個人の線を集中的に捜査させる。ＩＴ関係の企業だから、オプテクの仕事の情報はおまえのところのほうが得やすいと思ってな」

「わかりました。顧客、取引先のデータはありますか？」

「データセンターのファイルナンバーＭ２０２２５にまとめてます」

弘美が言った。

益尾はその場で、手元のノートパソコンから自分のＩＤナンバーとパスワードを入力して、データセンターにアクセスした。

Mは殺人を意味する英語の頭文字。ナンバーは各事案に振り分けられた数字だった。

早速、当該ファイルを開いてみる。

「多いですね」

顧客や取引先の数は百を超えていた。

「人海戦術で総当たりしてもいいんだが、それじゃあ追いつかんのでな。おまえんとこで、うまい具合に的を絞ってみてくれ」

中込がさらりと言う。

「AIも万能じゃないですよ」

「総当たりするよりましだろう」

「わかりました」

苦笑いして、タッチパッドを指でなぞり、ささっとデータに目を通していた益尾の指が止まった。

「ほお、これはこれは」

「何かあったか？」

中込が身を乗り出す。弘美と菅原も益尾を見た。

「いえ、身内のような人が働いている会社があったもので」

益尾の目は、沖縄の〈ゆいまーる〉という社名を見つめていた。

2

ユウジングループの本社は、ＪＲ新宿駅南口から五分ほど歩いたところにある繁華街の一角にあった。

飲食店が入るビルに挟まれた五階建ての古びたビルすべてがユウジングループの持ち物だ。

一階は、風俗店の案内所が入っている。二階と三階は、ユウジングループが運営するデリバリーヘルスの女性たちが待機する場所。四階はユウジングループ従業員のオフィス。最上階のワンフロアが社長室だった。

馬淵真一《しんいち》は、ユウジングループ代表・木庭《こば》武《たけし》に呼ばれ、社長室にいた。

執務机の応接セットで、木庭と向かい合っている。

「今回はすみませんでした。木庭さんに余計な世話をかけてしまって」

馬淵が頭を下げる。

「まあ、仕方ない。物事なんてのは、思った通りにはいかないものだ」

木庭は笑みを見せた。

「サツはどんな動きですか？」

「探らせたが、まだ森本個人を狙ったものか、単なる強盗殺人か、判断がついていないようだ。広範囲に捜査しているようだな」

木庭が答える。

木庭は馬淵からの報告を受けてただちに、捜査当局の動きを探らせた。

警察内部の動きを探るのに、何も警察官や刑事本人に訊ねることはない。裏社会には、そうした情報をうまく取ってくる連中はいくらでもいる。

そいつらに金を積めば、確度の高い情報が迅速に手に入る。

百パーセント正確でなくても、それらの情報を集めて分析すれば、当局の動きはだいたい把握できる。

「おまえと押し入ったやつらは？」

「処分しておきました」

馬淵は言った。

「どう処分した？」

木庭が訊く。

「ほとぼりが冷めるまで身を隠さなきゃならないからと山奥の産廃処分場に連れて行って、絞め殺し、埋めました」

「そうか。野犬の餌にならなきゃいいがな」

「深い穴に埋めましたんで、微生物の養分になるだけです」

　馬淵が笑う。

「まあ、こいつが手に入ってるから、問題はないがな」

　木庭はテーブルに置かれたＨＤＤに目を向けた。

「調べてみたんですか？」

「ああ、腕のいいエンジニアに調べさせた。やはり、芦田って男が言っていた通り、パスコードを正確に入れない限り、解除はできないようだ。強引に開くと、中のデータが壊れるらしい」

「ということは、やはり、中身は本物でしょうか？」

「それは開けてみるまでわからないそうだ。馬淵、おまえ、これを持って沖縄へ行ってこい。芦田からパスコード聞きだして、解除しろ」

「中身が暗号資産じゃなかったらどうします？」

「これだけ厳重にロックをかけて、壁裏に仕込んだ金庫に保管していたんだ。暗号資産でなくても、結構なネタなんだろう。使い道はある。まあ、中身がどうあれ、解錠できたら芦田は処分しろ。女と一緒に沈めてやれ。やつも本望だろう」

「そうですね」

　馬淵は笑み、ＨＤＤを取って、立ち上がった。

3

紗由美はオフィスの壁掛け時計を見た。午後九時を回っている。

「もう、こんな時間かあ」

息をついて、背もたれに仰け反り、伸びをする。

ここ三日、帰宅が午前零時近くになっている。

システム開発を担当しているオプテクの社長、森本が何者かに殺害されたという一報が入って以降、関係各所との調整に追われていた。

ゆいまーるの人材派遣システムは、とりあえず、オプテクの丸山と自社の田辺が中心となって、そのまま開発が続けられていた。

しかし、森本の事件の真相、オプテクの今後次第では、開発が頓挫することも考慮しなければならない。

紗由美の同居人が、元県警の楢山ということもあって、警察からの情報も得やすく、また計画立案当初からシステム構築に関わっている正社員でもあることから、調整は紗由美に一任されていた。

内間からの連絡は、まだない。

どうなっているのかわからないが、任せて正解だったかもしれない。

社内の調整と芦田の調査を同時に行なっていれば、寝る間がなかった。

「もういっちょ、がんばるか！」

声を出して自分を鼓舞し、マウスを握った。

「遅くまで、大変ですね」

男の声がかかる。

振り向いた。

「あら、益尾君！」

紗由美が笑顔になった。

益尾は会釈して歩み寄り、空いている隣の椅子に座った。

「いつ来たの？」

「二時間前くらいです。こっちで調べることがあったんで」

「出張？　こんな時期に大変ね」

「緊急事態宣言が出てようがいまいが、犯罪者は待ってくれませんから」

苦笑する。

「愛理《あいり》ちゃんや木乃花《このは》ちゃんは元気？」

「ええ。おかげさまで、二人とも感染もなく、元気にやってます。木乃花は学校が休みでうれしいなんて言ってて、のんきなものですよ」

「相変わらずね」

紗由美は目を細めた。

「で、何を調べてるの？」

「紗由美さんにも大いに関係がある件です」

「森本さんの件？」

「さすが、察しがいい」

益尾が笑う。

「明日にでも、紗由美さんのところに顔を出そうと思って、自宅に電話を入れたら、楢山さんからまだ紗由美さんは仕事から戻ってないと聞いたもので、こちらに顔を出してみたんです」

「そうだったの。でも、森本さんの事件は強盗か殺人だったんでしょ？　サイバー班は関係ないんじゃない？」

「本来はそうなんですが、オプテクという会社はサイバー関係でも名前が挙がっていた企業でして」

「何かトラブルでもあったの？」

「いえ。設立当初、株価操縦の疑いで調べられていましてね。結果はシロだったんですが、それ以来、関係各所の監視対象になっていたんです」

「そうなの。今回の件も、その株価操縦と関係しているの？」

「まだ、わかりません。この事案については、各課で協力して捜査することになりまして、僕はオプテクの取引先の会社を調べることになったんです。それで、顧客リストを見ていたら」

「うちがあったというわけね」

紗由美が微笑む。

「なんで、真っ先に飛んできました」

益尾も笑った。

「でも、残念ね。うちとオプテクさんとは、トラブルないよ」

「先程、社長さんに話を聞いてきました。特に、取引内容に問題はなさそうですけど、ちょっとしたトラブルがあったそうですね」

「ああ、芦田さんのことね」

紗由美はため息をついた。

「紗由美さん、どんなトラブルか、知ってるんですか？」

「知ってるも何も、思いっきり関係当事者」

「何があったんです？」

「オプテク側の統括責任者をしていた芦田さんという人が、デリヘル嬢に嵌まっちゃってね。行方をくらましちゃったの」

「駆け落ちですか？」

「今、調べてるんだけど。あ、楢さんには内緒ね。心配かけたくないから」

紗由美は釘を刺して、続けた。

「リナって子に嵌まったらしくてね。その子が詰めていた店に行ってみたの」

「一人でですか？」

益尾が心配そうに見つめる。

「無茶はしなかったわよ。ちょっと、社員に訊いてみただけ。インターホン越しに出た人はリナも芦田も知らないと答えたけど、あれは何か知ってるね」

にんまりとする。

「紗由美さん。もう立派な一般企業の社員なんですから、危ないことは……」

「わかってる。内間君にも言われた」

「内間って、渡久地《とくち》巌《いわお》の後輩の？」

「そう。たまたま、私がデリヘルの会社を訪れたところを見ていたみたいで。私に危ない真似させては、楢さんに申し訳が立たないって言って、自分に調べさせてくれと頭を下げられた」

状況を話して、苦笑する。

「じゃあ、今、芦田さんの件は内間君が調べているんですか？」

「そう。タクシーもなかなか厳しいようでね。調査報告があったら、少し手間賃くらいは払おうかと思ってる」

「内間君なら、気持ちで動いていると思いますけど」

「うん、わかってるけど、うちの会社のことだからね。それに、うちの会社、ちょいちょいちょっとした調査があったりするから、今回の件をきっかけに、内間君の副業にしてもらえたらいいなとも思って。島もそろそろ緊急事態が解除されそうだけど、また行動制限がかからないとも限らないでしょ？　もし、内間君がその気なら、うちに調査部門を創って、そこに入ってもらってもいいし」

「それはいいですね。まあでも、危険なことはしないでくださいよ」

益尾が念を押す。

「わかってるって。まずいと思ったら、すぐ楢さんを通すから」

「そうしてください」

益尾は言って、立ち上がった。

「私、もう少ししたら上がるけど、うちに寄ってく？」

「今日は遅いんで、また明日にでも顔を出します。節子さんや竜星くんにもよろしくお伝えください」

「うん、わかった」

「仕事の方も、あまり無理しないでくださいね」

「大丈夫。こう見えても、体力あるから」

紗由美は細い腕を曲げ、胸を張った。

「変わらないなあ、紗由美さんは。じゃあ、今日は失礼します」

「うん、また明日」

紗由美は益尾を見送った。

「私もさっさと済ませちゃおう」

気持ちを切り替え、パソコンに向かった。

4

内間は、タクシーの仕事は放っておいて、芦田とリナの調査に熱を入れていた。

一言、楽しかった。

人のいない街で客も拾えず、ただ、だらだらと流している時は、正直、自分の将来に不安を感じていた。

しかし、調査をしていると、くさくさじくじくとした気分が晴れてくる。誰かの役に立っているという実感が感じられる。それはタクシーでも同じだが、より濃厚だった。

それ以上に、久しぶりに感じるスリルというか熱というか。裏の空気に触れ、高揚している自分がいた。

普通に生きていく限り必要のない感覚だが、肌がひりつく黒い熱気は、どうしようもなく内間の神経を昂ぶらせる。

それは〝生きている〟実感を与えてくれる。

取り込まれてはいけないと自分に言い聞かせつつ、今は紗由美から頼まれた人物を捜すことに集中しようと気を入れていた。

内間は昔仲間に連絡を取り、松山の現況を聞いて回った。

かつては、一緒に夜の街を練り歩いていた連中が落ち着いて、飲食店を営んでいたり、土産物や酒類などの卸に関わっていたりしていて、街にはほんのり仲間内の一体感があった。

しかし、インバウンドで外国人観光客が増え始めた頃から、徐々に資本力のある内地の人間や外国人が侵食してきて、周辺開発も進み、知らない店や人が増えた。

加えて、コロナ禍で店を辞めた者も多く、思ったより情報が集まってこなかった。

昼間、ひと気のない松山一帯を歩いてみるが、収穫がないどころか、知っている顔一つ見ない。

「まいったなあ……。どうするかな」

内間は松山のはずれにある公園のベンチに座っていた。

普段なら、近所の家族連れの姿もある公園内にも、人影はない。

ぼんやりしていると、男が近づいてきた。

「内間か？」

声をかけられ、顔を上げる。

髭面で髪がぼさぼさの細い男が笑顔を向けている。頬もこけていて貧相だ。

「誰だ？」

見上げて睨む。

「誰だはねえだろ。俺だよ、俺」

前髪を手のひらで上げた。右の額に大きな切り傷がある。

「え？　ひょっとして、入間《いるま》先輩……ですか？」

内間が敬語になる。

「ひょっとも何も、入間だよ。忘れんなよ、おまえ」

入間と名乗った男が笑顔を見せる。前歯が一本欠けていた。

内間はじっと顔を見つめた。大きい目や太い眉毛、先の尖った鼻。少し煤《すす》けてはいるが、形のいいスーツに革靴。内間が知っている入間の特徴は備えている。

それに、何よりも額の右にある大きな切り傷。これは、内間も忘れられないものだ。

入間は、内間たちとつるんでいたわけではなかったが、巌のように、かつて地元では知られた男だった。

細身だが喧嘩は強く、時々スーツを着て登場するところから、〝チュラスガイ〟と呼ばれていた。

チュラスガイとは、沖縄方言で〝おしゃれ〟という意味だが、入間には、そのままかっこいい男という意味にも使われていた。

当然、女の子たちからの人気も高く、洒落た格好で着飾った女の子を連れて颯爽と繁華街を練り歩く入間の姿は、男子たちの憧れでもあった。

入間は、高校を卒業した後、上京して夜の街でホストをしていた。ホストとしてもそこそこ成功し、資金を貯め、島に戻ってきて松山で時間制スナックを数店舗構えた。

時間制スナックというのは、キャバクラのことだ。内地から本格的にキャバクラが出店してくるまでは、そう呼ばれていた。

女の子の質も高く、それでいて料金はリーズナブルだったので、入間の店は繁盛していた。

しかし、次第に資本力のある内地の業者の出店が相次ぎ、店の看板だった女の子も次々と高給で引き抜かれ、順調だった経営にも陰りが出てきた。

入間は五年前、全店を内地の業者に居抜きで売り払い、店舗経営から身を引いた。

そこまでは内間も聞いていた。が、それ以降、入間がどこで何をしていたのかは耳にしていない。

「どうしたんですか、その形《なり》は……」

いつも襟の端までプレスされていたスーツもなんだかよれている。

羽振りが良く、飄々として涼やかな目を持っていた頃の入間からは想像できないほどくすんだ姿だった。

「俺にもいろいろあってな」

入間は内間の隣に座った。

「店閉めて、どうしてたんですか？」

内間が訊いた。

入間はふっと笑って、目を伏せた。

「なあ、内間。この傷のこと、覚えてるか？」

内間の問いには答えず、右の額を指で指す。

「覚えてますよ、もちろん」

内間は言った。

忘れられるはずもない。

それは、内間が渡久地巌らと松山の繁華街を歩いているときだった。

巌を面白くなく思っていた他校のグループが当時の座間味組組員と結託して急襲してきた。

当然、巌や内間たちも抵抗したが、相手は刃物を持って襲ってきていた。

巌は、内間たちを守るように戦っていたせいで劣勢を強いられ、危うい状況に陥っていた。

そこに颯爽と現われたのが、入間だった。

女の子と松山に遊びに来ていた入間は、乱闘している集団の中に割って入った。

入間は、巌は知っているものの、遊び歩いている仲間ではなかった。入間にしてみれば、街の揉め事を止めに入ったという程度だった。

が、相手方の一人が敵とみなして、いきなり入間を切りつけた。

右の額の皮膚がスパッと切れ、血が飛んだ。

一瞬、みんなの動きが止まった。

入間がゆっくりと顔を起こした。右半分が流れ出る血で赤く染まっていた。

それまで、人の好さそうな穏やかな目をしていた入間の形相が変わった。切り付けた男を目を剝いて睨みつけ、笑っていた。

まさに、鬼だった。

入間は、ナイフを握った男の右手首をつかんで引き寄せた。

同時に、頭突きをくらわす。

相手の鼻が潰れ、血が噴き出す。それに、入間の額の血が混じり、鮮血が飛散した。

入間は何も言わず、ひたすら相手に頭突きを浴びせた。ゴッゴッと骨を打つ音が不気味に響く。

ただ頭突きをしているだけなのに、入間から漂う凄まじい殺気に誰もが息を呑み、動けなくなっていた。

その隙に、巌が反撃に出た。

ぼーっと突っ立っていた敵を次々と殴り倒し、劣勢を挽回する。それを受けて、内間たちも反転攻勢に出て、相手を蹴散らした。

巌と内間は入間の下にすぐに駆け寄り、病院へ連れて行こうとした。

が、入間は血にまみれた顔に笑みを作り、断わった。

そして、「極上のブラッディーマリー飲んでくるわ」と言い、連れていた女の子と共に去っていった。

「あの時の入間さんは、ほんと、でーじーかっこよかったですよ」

　思い出し、笑みをこぼす。

「あのあと、ほんとにブラッディーマリー飲んだんですか？」

「俺はそのつもりだったんだがな。連れがうるせえんで、病院に行った。十五針も縫ったよ」

　傷をさすって、笑った。

　その笑顔は、かすかに往年の入間の面影を残しているが、当時のような力はない。

「で、おまえ、何してんだ、こんなところで？　内間はタクシーの運転手をしてると聞いていたが」

「探偵でもしてるのか？」

「タクシーは儲からないんで、今、ちょっと人捜しの手伝いしてるんですよ」

「いやいや、そんなたいそうなもんじゃなくて。デリヘル嬢と逃げたぼってかすーを捜してるだけです」

　ぼってかすーとは、非常識な者のことである。

「金でも盗られたか？」

「いえ、俺にはなんの関係もないんですけど、知り合いが迷惑被ってるもんで。そういやあ、入間さん。最近の松山事情には明るいですか？」

「まあ、それなりに知ってるが」

「ユウジングループって知ってます?」

内間は軽い気持ちで訊いてみた。

「ああ、デリヘルやってるところだな。ユウジンと関係あるのか?」

「ええまあ。ただ、あいつら内地のモンでしょ。なかなか情報入んなくて」

「俺、知ってるやついるぞ」

「マジっすか!」

内間が目を輝かせた。

「ちょっと待ってろ」

入間は立ち上がって、少し離れた。ポケットからスマートフォンを出し、どこかに電話をする。

内間は入間の様子をじっと見つめていた。

いきなり現われて、内間のことを訊いてきた。不信感は拭えない。

しかし、今は少しでも情報が欲しい。時間もない。

入間が電話を切って、戻ってきた。

「先方、今なら少し会ってもいいと言ってたが、どうする?」

話が早い。

そんなに都合よくいくものかと勘繰るが、多少危ういところに突っ込まなければ、ネタは取れない。

「ほんとですか！　会わせてください」

内間は言った。

「じゃあ、行くぞ」

「どこにですか？」

「そいつの勤め先がすぐ近くにある。会うなら、そこに来てくれって話だ」

「わかりました」

立ち上がった内間の全身に、ひりっとした電気刺激が走る。

よくない予感がした時に感じる身体反応だ。一瞬足が止まる。

「どうした？」

先を歩きかけた入間が振り向いて見やる。

「いえ」

内間は笑みを作り、無理やり足を動かした。

5

真昌は朝から竜星の部屋を訪れ、机に向かっていた。

しかし、勉強するわけでもなく、うなだれてはため息をついている。

そうしている間に、昼になっていた。

「おーい、メシだぞ」

リビングから楢山に呼びかけられた。

竜星はペンを置いて、目頭を指で揉んだ。伸びをして振り返る。

「昼ごはんにしよう」

声をかける。

「オレはいいよ」

力なく答える。

「元気ないな。どうした？」

竜星は優しく声をかけた。

「大丈夫かな、オレ。なんだか、勉強すればするほど自信なくなってくし。ビビってんじゃねえよと思うんだけどなー」

真昌はめずらしく弱音をこぼした。

「そういうことか。いいことだよ」

竜星が笑う。

「いいって……。ビビってんだぞ？」

顔を起こした真昌が竜星を睨む。

竜星は笑顔を崩さない。

「だから、いいんだよ。少し前までは、何かわからないけど、いけると思ってただろ？」

「そうだな」

「でもそれは、根拠のない自信。時に大事なことだけど、実態を知らず簡単に考えているからという側面もある。受からなくても、勉強してなかったしなという言い訳もできるし。けど、しっかり勉強していくと、難しさを実感して、自分に足りないところもわかってくるから、勉強すればするほど不安にもなるし、緊張もする。けど、裏を返せば、それだけ真剣に取り組んでるってことでもあるんだよ。だから、今の真昌は大丈夫だ」

「そうなんか？」

「そうだよ」

「おまえもビビるのか？」

「そりゃそうだよ。何から何まで理解してるわけでもないからさー」

「おまえでもビビるのか。そっか。そっかー」

真昌は何度もうなずいた。

そして、太腿をパシンと叩いて立ち上がる。

「おまえがビビるなら、オレもビビって当然だな。腹減った。メシ食うぞ！」

そう言って、さっさと出て行く。

「単純だな」

竜星は苦笑して真昌の後姿を見つめ、リビングに向かおうとした。

と、インターホンが鳴った。

「はーい」

節子の声が聞こえてくる。

「おばあ、僕が出るよ」

竜星は言い、玄関へ向かう。ドアを押し開けた。

「益尾さん！」

「こんにちは」

益尾は竜星に笑顔を向けた。

リビングの方から駆けてくる足音がした。

「おー、真昌君」

益尾が声をかける。

「ご無沙汰してます！」

真昌は深々と頭を下げる。

「試験に向けて追い込んでるんだってね。いけそうか？」

「ええ、まあ……」

真昌はなんとも言えない表情で竜星を見やった。

「僕は大丈夫だって言ってるんだけど、本人が自信ないみたいで」

「そうかそうか。それでいいよ。僕も受けたときはまったく自信なかったから」

「益尾さんが、ですか？」

真昌が目を丸くする。

「ああ。いくら勉強してもできる感じがしなかったし、真昌君みたいに体力があったわけでもなかったしね。だから、合格した時は信じられなかったよ」

益尾は笑った。

「おい、井戸端会議してないで入ってこい！」

奥から楢山の声がした。

「益尾さん、どうぞ」

竜星が促す。

益尾はお邪魔しますと言い、靴をそろえて上がった。

リビングへぞろぞろと入る。テーブルには、ポーク玉子のおにぎりやゴーヤチャンプルー、ニンジンシリシリなどが並んでいる。

「あら、益尾君、いらっしゃい」

節子が笑みを向ける。

「ご無沙汰してます。お昼時にすみません」

「いいのよ。食べていって」

節子は台所に下がって、用意を続けた。

「おう！」

檜山が右手を上げる。

益尾は会釈で返した。

「体が一回り大きくなったんじゃないか？」

「内勤が多くて、筋トレと道場通いばかりしてましたから」

益尾は笑って、檜山の隣に座った。

「檜山さんも元気そうでよかった」

「元気は元気だがな。金武が、緊急事態宣言が明けるまでは道場に来るなってんで、暇を持て余してるよ」

檜山はため息をついた。

「そのほうがいいですね。一応、檜山さんも高齢者ですから」

「じじい扱いするな」

「事実です」

益尾と楢山のやり取りを見て、節子が目を細めた。

「はいはい、みんな食べてよ」

「いただきます！」

最初におにぎりを食べ始めたのは、真昌だった。

「二人も元気でよかった」

益尾は対面に座る竜星と真昌を見て微笑んだ。

「東京はどうですか？」

竜星が訊く。

「大変だな。まあ、人口が多い分、感染者が多くなるのも仕方ないが」

「おばさんや木乃花ちゃんは大丈夫ですか？」

木乃花の名前を聞いて、真昌の手が止まる。

「二人とも気を付けてるよ。木乃花はほとんどリモート授業だしね。でも、本人は休み気分でユーチューブばかり見てるようで、愛理がしょっちゅう怒鳴ってるよ」

益尾は苦笑した。

「木乃花ちゃん、受験は来年かしら」

節子が戻ってきて、端に座る。

「そうです。今のままじゃ、どこにも入れそうにないですけど。竜星君に家庭教師に来てほしいくらいですよ」

　笑って、竜星を見やる。

「進路は決まったか？」

　益尾が訊く。

　竜星は箸を止めた。少しうつむく。

「さっさと決めて、どこへでも行って来いと言ってるんだけどな。煮え切らないんだよ、こいつ」

　楢山が言う。

「一応、技工の道には進もうと思ってるんだけど、どこにしようかと思って」

　竜星は楢山と益尾を交互に見やった。

「まあ、竜星君が納得のいく形で決めればいいと思うよ。自分のことだから。煮え切らないとか言っちゃダメですよ、楢山さん。なんでも白黒じゃないんですから」

「おまえ、俺に意見するのか？」

「いくらでもしますよ。楢山さんの頑固頭に物言えるのは、僕と節子さんと紗由美さんくらいしかいないですから」

「確かに頑固になったなー、楢山さん。歳っすかね」

　真昌が笑う。

「おまえ、今度の稽古、覚悟しとけよ」

ぎろっと睨む。

真昌は肩をすくめて目をそらし、皿を取ってゴーヤチャンプルーをかき込んだ。

「紗由美さんは仕事ですか？」

「ああ。大変みたいだな。おまえが担当してる事件に関係してるんだって？」

楢山が訊いた。

「強殺事案の会社の取引先に、紗由美さんが勤めている会社があっただけですよ。僕は支援捜査しているだけなので、顧客リストの会社を回って、話を聞くだけです」

「そうか。なら、問題ないな」

楢山が小さくうなずく。

心配してるんだな。

その様子を見て、益尾は微笑んだ。

「いつまでいるんだ？」

「三日くらいは滞在する予定です。ほら、楢山さん。僕らの出張捜査といえば」

「骨休めでもあるか」

楢山が笑う。

「そんな休み方、ありなんですか？」

真昌がおにぎりを持ったまま、楢山を見た。

「休みったって、仕事はしてるぞ。しかし、調べが終われば、そのあとは何しててもかまわない。逆に、犯人の痕跡があったり、犯人そのものがそこにいたりすれば、旅気分なんて味わってる暇もなくなる。日頃から、刑事はまともな休みが取れんからな。たまに遠出した時、少しゆっくりするのもありだ」

「そういうこと。ここぞという時に力を発揮するためには、息が抜ける時はリラックスしておくことも大事だ」

そう言い、益尾は微笑んだ。

「そっか。オレも根詰めすぎたから、なんかくさくさしてたんだな。よし、息抜こう」

「おまえは、がんばれ」

楢山が苦笑した。

「息抜きするなら、ちょっと付き合ってくれないか？」

益尾が言う。

「どこに行くんですか？」

真昌が訊いた。

「金武さんにも会っておきたいんだよ。新しい道場ができたそうだし。ついでに、ちょっと汗かきたいと思ってね。スパーリング、付き合ってくれないか？」

「益尾さんとスパーリングですか？」

真昌が顔を引きつらせる。

「そりゃいいな。俺も付き合う。竜星も来い」

「僕は……」

「いいんじゃない？　ずっとお部屋にこもってばかりだから、少し気分転換してきなさい」

節子が促す。

「金武に連絡を入れとく。おまえら、さっさとメシ食え」

楢山は立ち上がって、竜司の位牌《いはい》のある部屋へ行った。

杖も突かず、一本足で立ち上がって、とんとんと移動する。

相変わらず、すごいな……と、益尾は感心した。

「ともかく、昼はしっかり食べよう」

益尾は節子の手料理を口に運んだ。

竜星と真昌は顔を見合わせて、苦笑した。

6

食事を終えて一服した益尾たちは、タクシーで道場前に乗り付けた。

金武道場は、以前爆破された場所に建て直されていた。

益尾が建物を見上げる。前より一回り大きいコンクリート打ちっぱなしの鉄筋二階建ての建屋になっていた。

「いやいや、立派な道場ですね」

感嘆していると、楢山が杖を突いて横に来た。

「思いのほか、クラウドファンディングでの資金が集まったんでな。しっかりしたの建てろと言ったんだ。もちろん、避難路付きでな」

楢山は建物の壁の端を見て、にやりとした。

「一階が道場。二階は金武の事務所兼住居とトレーニングルーム。一階には更衣室やシャワーもある」

「整えましたねえ」

「近頃は、体裁を構えないと、生徒も増えないんでな」

話していると、中から金武が出てきた。

「益尾君、久しぶり」

金武は相変わらず太くがっしりとした体格だったが、白髪が増えていた。

「ご無沙汰してます」

頭を下げる。

「立ち話もなんだ。入って」

金武に促され、中へ入る。

真新しい畳と塗料や建築資材の香りが漂ってくる。

「ああ、みなさん。ご無沙汰してます」

「よう、元気ねー？」

島袋《しまぶくろ》が右手を上げた。周りには、安座間《あざま》と照屋《てるや》、与那城《よなしろ》といった師範代の面々も顔をそろえている。

みな、道着を着てマスクをし、うっすらと汗をかいていた。

「益尾君が来るっていうんで、みんなも集まってきてな。久しぶりに稽古をしていたところだ」

金武が言った。

入口の向かって左側に更衣室とシャワールーム、トイレがある。右側の入口側の壁には武具が飾られていて、棚にはヘッドギアやグローブもある。

中には、飛沫防止対策が施された強化プラスチックのシールドがついたヘッドギアも用意されていた。

「時代ですねえ」

シールドの付いたヘッドギアを取り、大きく息をつく。

「仕方ないさー。うちの道場からクラスター出してもいけないからね」

金武は仕方なく微笑んだ。

金武と話していると、真昌が近くに来て、真新しい道具を興味津々に見て回っていた。

「なんか、いろいろ揃ってんじゃないですか。すげーっすね」

「あれ、真昌君は来たことないのか？」

益尾が訊く。

「ほとんど開けてなかったからな、ここ」

金武が言う。

「それでですか。まだ、ニオイが新しいなと思っていました」

「俺と師範代だけで、ここを使っていたくらいだ。緊急事態が明けたら、ぼちぼち再開しようと思ってる」

「その時は俺も復帰するぞ」

楢山が意気込みを覗かせる。

「楢さんは、もう少し様子を見てからですよ」

「バカ言え。コロナなんかにやられるわけねえだろ」

楢山は金武を睨みつけた。

「楢山さん。今のコロナ株は子供に流行っていますし、高齢者ほど重症化しやすいようですから」

益尾が言う。

「どいつもこいつも、じじい扱いするんじゃねえ！　むかつくなあ。おい、益尾。おまえ、汗かきたいんだろ？　俺が相手してやる」

益尾を睨みつける。

「やめましょうよ」

「なんだ？　ビビってんのか？」

楢山が挑発するように笑む。

一瞬、益尾が見返す。

道場内の空気がぴりっと張り詰める。息苦しいほどだ。

が、すぐ、益尾は笑顔を浮かべた。

「そりゃ、楢山さんにはビビるでしょう。ビビらないヤツがいるなら見てみたい」

そう言って、声を立てて笑う。

緊張感が一気に和らぐ。

「ほんと、楢山さんにビビらないのなんて、宇宙人くらいじゃねえの」

真昌が言った。

楢山は杖を振った。真昌がひょいっと飛び退く。

楢山も気が抜けたように息をついた。

「金武、上のトレーニングルーム使わせてもらうぞ。体が鈍《なま》って、仕方ねえ」

そう言うと、勝手に二階へ上がっていく。

真昌は大きく息をついた。

「益尾さん、本気で楢山さんとやるんかと思って、ビビったあ」

「いや、ほんと、相変わらずすごい迫力だ」

安座間が感心する。

「楢山さんの迫力が鏡のように映っただけですよ。けど、少し悲しいです」

「何がだ？」

島袋が訊く。益尾は島袋を見やった。

「少し前なら、睨まれるだけで竦《すく》み上がって、笑顔など見せられなかった。でも、今日は……」

益尾が言葉を濁す。

横で、金武が腕組みをし、少し目をつむった。

話を聞きながら、竜星はうつむいた。

益尾が感じたものは、竜星もこの頃感じていることだった。

コロナ禍で家にいることが多くなり、家の中でトレーニングはしているものの、これまでのようにへとへとになるまで鍛えているわけではなかったので、ずいぶんと筋肉が落ち、体が一回り小さくなった感じがしていた。

また、人と会っていないせいか、口が重くなり、たまにだるそうに返事をしたりと、少し元気がないようにも見える。

老いといえばそうなのだろうが、患っているところがないのか、少々気になっていた。

「どこか、悪いんですかね」

真昌が、竜星の気持ちを察したようにつぶやく。

「大丈夫だとは思うんだけど、なにせ、これまで無理を重ねてきた体だからさ。いろいろ出てきてもおかしくはない」

益尾が答える。

「今は、体を休めたほうがいいんだがな。で、歳と肉体に見合った動き方を作り直す時期に来てるんだが」

「金武さんも、そうしているんですか？」

竜星が訊ねる。

「ああ。俺も若い頃のように体が動かなくなった。筋肉は鍛えていればキープできるが、落ちるのは早い。なにより、可動域が狭くなっている。長い間、関節部に負担をかけているからな。それも仕方ないんだが、思っているより足が上がらなかったり、反応がわずかに遅れるのを感じたりすると、正直凹む」

金武が苦笑する。

「楢山さんもそれは感じていると思うんだがな。なかなか自分を認め、受け入れるのは難しいものだ。だからこそ、イライラしているんだろう」

金武はトレーニングルームの方を見やった。

島袋たちも心配そうに同じ方向を見つめる。

少しうつむいていた竜星が、やおら顔を上げた。

「わかりました。楢山さんを呼んできてください」

「何をする気だ？」

「僕が引導を渡します」

「マジか、竜星！」

真昌がびっくりして、竜星の腕をつかんだ。

「誰かが、楢山さんが変わるきっかけをつくらなきゃならないんだろ？　だったら、僕が一番適任だ」

「おまえ……いくら強いったって、楢山さんにはやられるぞ」

「それでいいんだよ」

竜星は微笑み、真昌の手をほどいた。

「わかった。僕が呼んでこよう」

益尾が言う。

「益尾さん！」

真昌が眉尻を下げる。

「竜星君の言う通り。僕が手合わせするより、効くと思う。ウォーミングアップしておいて」

言うと、トレーニングルームへゆっくりと歩いて行った。

竜星が更衣室へ向かう。

真昌は二人を交互に見ながらおろおろしていた。

と、金武が歩み寄り、肩を握った。

「しっかり見ておけ。親子の戦いを」

その言葉に、島袋たちがうなずき、道場の隅に下がった。

金武が真昌の背中を押す。真昌は島袋たちのところに行き、座って胡坐《あぐら》をかいた。

竜星が更衣室から出てきた。ピタッとした上下のトレーニングスーツに身を包んでいる。

島袋たちは息を呑んだ。

上半身は胸板が厚く、腰は締まっていて、見事な逆三角形に出来上がっている。私服だと細く見える足も、太腿はしっかりしていて膝下も足首に向け、ぎゅっと絞れている。

軽くストレッチを始める。体は柔らかくしなやかに動き、筋肉の筋が連動し、躍動する。大地を駆ける肉食動物のような趣だった。

「あいつ、どこで鍛えてんだよ」

真昌がこぼす。

「若い頃は、たいして鍛えてなくても、体は自然と仕上がるもんだ。おまえの知らないところで少し運動してるんだろうよ」

島袋が言う。

「竜星、ヘッドギアとグローブをつけろ」

金武が言った。

竜星は壁際の棚に行って、自分に合うヘッドギアとグローブを身に着けた。

益尾と共に楢山が下りてきた。

楢山は右手にグローブをつけ、左手は杖を握り、上半身裸だった。多少衰えたとはいえ、長年鍛え上げた胸板は分厚く、腹筋もまだまだ割れている。歴戦の傷がうっすらと汗で濡れ光っている様は、そこはかとない迫力を漂わせていた。

竜星は楢山を見つめ、道場の中央へ進んだ。楢山と益尾が竜星の前に歩み寄る。

「いい度胸だな、竜星」

睨む。

竜星はまっすぐ見返した。

楢山がにやっとした。

「闘志をみなぎらせた涼しげな眼。竜司そっくりだな。強さもあいつと同じか？」

「父は関係ありません」

「そうだな。本気で相手してやる」

言うなり、右ストレートを放った。

竜星は両前腕を顔の前に立てた。ガードする。が、強烈な打撃に弾《はじ》かれた竜星の体が後方に下がった。

楢山は右足で飛んで間合いを詰め、左の杖を水平に振って頭部を狙った。

竜星はダッキングをした。楢山のボディーに右フックを振る。楢山は上半身を後ろに倒し、地を蹴って後ろに飛び退いた。左の杖を突いて、半身を切る。

竜星が左足を大きく踏み出し、楢山の懐に入った。上体を起こすと同時に左アッパーを突き上げる。

誰もがスウェーして避けると思った。竜星もそう思っていた。避けたところに右ストレートを打ち込むつもりだった。

だが、楢山はにやりとした。上から真下に右拳を振り下ろした。

竜星の拳とぶつかる。楢山は杖の支えを後ろに引いて解いた。右足一本で上体を傾け、右拳に全体重を載せる。

竜星の拳が押し返された。楢山の重さを受け、腰が沈む。

竜星は左腕を引いてそのましゃがみ、後転した。

楢山は杖を突いて、前のめりになった体を支えた。そして、ゆっくりと体を起こす。

「竜星、なぜ、軸足を狙わねえんだ。足払いすりゃあ、俺の右足を払えただろうが」

「楢山さんこそ、なぜ、拳にぶつけたんです？　あのタイミングなら、僕の頭部も狙えた」

互いが睨み合う。

「力を見せてやっただけだ」

「僕も、足なんか狙わなくても、戦えるから」

「余裕だな」

楢山は気色ばんだ。

左杖を大きく前に置いた。右足で地を踏みしめて蹴る。杖先を支点にコマのように回り、竜星の顔面を狙う。

　竜星は顔の左側面に腕を立てた。前腕をクロスする。

　腰を落として、蹴りを受け止めた。押されるが弾かれない。

　楢山は腰を振り、右足を後ろに戻した。

「すげえな、楢山さんの体幹……」

　真昌が漏らす。

「竜星もすごい。あの蹴りを力で受け止めた」

　島袋がうなった。

「ふう、めんどくせえ……」

　楢山は杖を脇へ投げ捨てた。

「益尾！　左のグローブよこせ！」

　竜星を睨みつけたまま、怒鳴る。

　益尾が左手のグローブを持って、歩み寄る。

「続けるんですか？」

「片足はハンディーだ」

　楢山が左手を突き出す。

　益尾は苦笑して、楢山の左手にグローブを付けた。

右足一本で立ったまま、両拳をぶつける。グローブが乾いた鋭い音を立てる。

「来い」

二の腕を軽く起こした。

少し左に体をねじって、半身に構えている。ガードは甘そうに見える。

しかし、竜星はなかなか動けなかった。

対峙すると、呑み込まれそうな威圧感を楢山がまとっているのを実感する。

様々な相手と戦ってきたが、灼熱の火山を前にしたような近寄りがたい圧力を感じたのは初めてだった。

腕力は敵わないものの、スピードでは圧倒的に竜星のほうが上だ。が、踏み込んだ瞬間、どんな攻撃を受けるのか、まったく読めない怖さがある。

楢山は構えたまま微動だにせず、竜星を見つめている。いや、竜星の全体をぼんやりと眺めているといった感じか。視線は顔に向いているが、焦点は顔にない。

金武や益尾、真昌たちも固唾《かたず》を飲んで見ていることしかできない。

これが、楢山さんの本気か……。

竜星は素直に楢山の凄さを感じていた。

だからこそ、向かわなければいけない。

竜星はグローブの中で拳を握りしめた。そして、ステップを切った。

グローブを顎先に立て、背を丸めて正面から突っ込む。中距離から右ストレートを放った。

楢山が左ストレートを出す。

互いの拳がぶつかる。楢山は片足立ちだが、びくともしない。

竜星が左フックを振った。楢山は右腕で受け止めると思った。そこに右ストレートを打ち込めば……と狙ったが。

楢山は片足でダッキングした。ふっと竜星の前から巨体が消え、左フックが空を切った。

黒目を下に向ける。楢山が見上げていた。伸び上がり、右アッパーが飛んでくる。

竜星は仰け反った。

大きな拳が鼻先を掠めた。前髪が風圧で揺らぐ。

竜星は半歩だけ後退したが、そこで踏ん張った。下がれば攻められる。

勘が囁《ささや》いた。

上半身を起こす反動で左右の連打を繰り出した。

楢山は膝を軽く曲げ、顔の前に二の腕を立て受け止めた。

竜星は足を止め、ストレートとフックを巧みに繰り出した。楢山はガードしているだけだが崩れない。

すごいな、本当に。

竜星は大木の幹を打っているようなどしっとした手ごたえに、感動すら覚えた。

ステップを駆使して、楢山の周りを回って打ち込めば、そのうち上体がぐらついて隙ができるような気がする。

しかし、竜星はあえてそうしなかった。このまま真正面から打ち合うことが大切な気がしていた。

一発一発打ち込むたびに、楢山との思い出がよみがえる。

生まれたときから、いつも自分のそばにいてくれた。物心ついた頃から、父親は死んだ竜司だと事あるごとに教えてくれて、自分はあくまでもサポーターだという立場を崩さず、それでも血縁以上に支えてくれた。

トラブルに巻き込まれた時も、命がけで助けに来てくれて、自分だけでなく、母や節子のことも見守ってくれている守護神のような存在だった。

普段から感謝はしていた。

しかし、今、こうしてぶつかり合うと、その存在の大きさを改めて感じる。

だからこそ、倒したい。

楢山に引導を渡せれば、自分の中にくすぶっている〝何か〟も吹っ切れるような気がする。

竜星の回転が増した。上体がねじったゴムのように弾け、ストレートとフックが弾幕のように注がれる。

「すげえ……」

真昌は目を見開いた。

楢山のガードが揺れ始めた。固く閉じていた二の腕が少し開く。

竜星はそこを逃さず、左ストレートを放った。

瞬間、楢山が上体を左に傾けた。竜星の左腕をすべるように、楢山の右フックが伸びてくる。

しまった！

竜星は左腕を引きながら右に大きく体を傾けた。竜星の左頰に拳が迫る。とっさに、右フックを放った。

が、間に合わない。クロスカウンターが左こめかみに炸裂した。ヘッドギアの上からでも強烈な衝撃が脳を揺らした。

竜星の右フックが楢山の顎先をかすかにかすめる。楢山は首を傾けて流し、右腕を振り抜いた。

竜星は凄まじい勢いで横倒しになり、畳の上でバウンドした。

「竜星！」

真昌が駆け寄る。

竜星は気絶していた。真昌は楢山を睨み上げた。

楢山は真昌を睨み返し、竜星を一瞥すると背を向けて、杖を拾い、二階へ上がっていった。

金武が楢山を追いかけようとする。

「竜星君をお願いします」

金武を制するように益尾が言い、楢山を追った。

金武は二人を見やって、竜星の脇に屈《かが》んだ。目を開いて瞳孔を確かめ、心臓に手を当て、鼓動を確かめる。

「うん、脳震盪だな。大きい病院はコロナで手いっぱいだし、大人数で病院へ出向くわけにもいかないから、二、三人で佐々野《ささの》先生のところに連れて行って診てもらえ」

「じゃあ、俺が車出します」

島袋が立ち上がる。

「真昌、一緒に行け」

金武に言われる。

「はい。オレが背負います」

真昌が屈む。安座間たちが竜星を抱え、ゆっくりと真昌の背中に背負わせた。

脱力した人間は重い。真昌は歯を食いしばって立ち上がる。

「俺も一緒に行ってきます」

安座間が真昌をサポートし、共に竜星を道場から連れて出た。

「竜星、大丈夫ですかね？」

照屋が三人を見送りながらつぶやく。

「カウンターが当たる瞬間、体を傾けて少し受け流しましたよね」

与那城が言う。

「ああ。右フックを放ったのもよかったな。あれで体が回転して、少しだけ急所からずれた。とはいえ、あれだけ威力のあるパンチだからな。脳震盪で済んでよかった。それより心配なのは、楢山さんだな……」

金武は言い、二階を見上げた。

益尾が楢山を追いかけて二階へ上がると、楢山はトレーニングルームのインクラインベンチに腰を下ろしていた。脇に外したグローブが置かれていた。

疲れたようで、肩が落ち、息も荒かった。

益尾は楢山の前にゆっくりと歩み寄った。

「お疲れさんです。相変わらず、すごい迫力ですね」

声をかけるが、楢山は顔を上げない。

益尾は並びにあるもう一台のインクラインベンチに腰掛け、楢山を見つめた。

「勝負には勝ったけど、勝った気がしないといったところですか？」

益尾が言う。

楢山が顔を起こした。

「あの手負いの右フックを当てさせちまったな……」

楢山は右手で、顎をさすった。

「来るのはわかった。それでも、俺の右の方が早く当たって、竜星の体が沈むから、そのまま振り抜いてしまえばかすらせることはないはずだった。それがかすったってことは、俺の反応がポイント数秒遅れてるってことだな」

ぼそぼそと語る。

的確な状況分析はできている。

「なあ、益尾。俺が衰えたのか、それとも竜星が成長したのか？」

「どっちもでしょう。楢山さんはコロナ禍で十分に稽古ができませんでした。歳を取ると、鈍るときは早いですからね。かたや、竜星君は伸び盛りの若者です。楢山さんが何日かでも稽古できていれば、もう少し違ったと思いますが」

「寄る年波ってやつか？」

　楢山が苦笑する。

「これまでの楢山さんと比べればそうでしょうけど、一般の六十代と考えれば驚異ですよ。右足一本で打ち合えるんですから。化け物です」

　益尾は笑い、続ける。

「緊急事態宣言もそろそろ明けます。それから少しずつ稽古を始めれば、徐々に勘も戻ってきますよ。ただ、若い頃のように強引に鍛えると、オーバーワークになりますから、週に二回程度。疲れているときも無理をしない。楢山さんなら、それで十分戻ります」

「パーソナルトレーナーか、おまえは」

「ご希望とあれば、プログラム組ませていただきますが」

「おまえに管理されるようになったら、しまいだ」

　楢山は笑って立ち上がった。

「俺は先に帰ってるからよ。竜星が目を覚ましたら、連れて帰ってきてくれ」

「わかりました」

　益尾が言うと、楢山は右手を上げ、ドア口へ歩いた。

　その背中がどことなく小さくなった感じがする。

　益尾は少し寂しそうに、楢山を見送った。

7

内間が入間に連れてこられたのは、松山にある雑居ビルだった。ユウジングループの店舗があるビルではないが、場末のスナックや風俗店が入っているところだ。

潰れた店も多く、ビル内は薄暗い。

エレベーターで三階に上がる。入間が先に降りる。内間は続き、とっさに見回し、出入口を確かめた。

エレベーターを降りて左に非常階段の扉がある。しかし、段ボールが置かれていて、すぐには出られないようになっている。

右に廊下が伸び、左右に三つずつドアがある。六店舗入っているはずだが、いずれも看板は外されていて、ドアは締め切られていた。

入間は最奥右のドアの前で立ち止まった。ノックをする。

「入間だ」

声をかける。

すぐに中からロックが外され、ドアが開いた。

おかっぱ頭の細身の男が顔を覗かせる。細い目をさらに細め、笑顔を見せた。

「いらっしゃい。待ってました」

二人を招き入れる。周りを気にする素振りもない。

ここが根城というわけか。内間は思いつつ、入間に続いて中へ入った。

男がドアを閉めた。鍵はかけない。入間がユウジングループの関係者のところに自分を連れて行き、監禁するのかと警戒していたが、今のところ、その気配はない。

中は、キャバクラかスナックのようだ。カウンター席とボックス席がある。しかし、使われている気配はない。厨房の棚に並んでいるはずのボトルもまったくなかった。置きっぱなしの観葉植物は枯れていて、テーブルの端々には埃がたまっている。

ここも、廃業した店か……。

少し悲しくなる。

直接、夜の街と関係はなくなったものの、ここでもいろんな事情を抱えた男女が懸命に働いて稼いで、日々を生きようとしていたはず。

その糧が、目に見えないウイルスに奪われてしまった。

彼ら彼女らは、どうしているのだろう……と思いを馳せると、かつて、未来に何の展望もなくふらふらしていた時の自分を思い出す。

働きたくなかったわけではない。刹那《せつな》に生きようとしていたわけでもない。

自分に自信がなく、何ができるのかもわからず、周りのきちんとした連中と比べては落ち込み、勝手に荒《すさ》み、ひねくれていた。

しかし、割り切って、自分で動いてみて、ドライバーの職に就いた時、やっと息をつける場所を見つけた気がした。

そして、そこでがんばるうちに、自分の人生を歩む意味がわかってきた気がする。

夜の街の場末の酒場にいる者の中には、仕方なくそこに辿り着いた者もいるだろう。しかし、そこを居場所としていた者にとっては、せっかく見つけた安息の地を追われたことになる。

そこから這い上がるには、また何倍もの気力と体力を注がなければならない。

内間は自身の過去を振り返りつつ、追われた者たちが、なんとか息切れせずに次の道へ踏み出してくれることを願った。

「どうぞ、そちらへ」

男が奥のボックス席を指した。

入間の連絡を受けてか、テーブルも椅子も拭かれていた。

L字ソファーの真ん中に内間が座らされた。右手に入間が座る。

「ほんとは酒でも用意したいんですけど、このありさまなんで、すみません」

男は詫びながら、内間の左に腰を下ろした。

「こいつは、俺の後輩で内間。彼は、ここでバーを開いていた市島君だ」

「バー？　キャバクラじゃなくて？」

　内間は店内を見回した。

「キャバクラの箱を居抜きで取って、そのままバーにしていたんです。主に、キャバクラ嬢とお客さんのアフター目当てだったんですけど、このご時世なんで。今、店を明け渡すのに整理しているところなんです」

　市島が苦笑する。

「そりゃ、大変だったな」

　内間は同情してみせた。

　少しトーンが高く、物腰柔らかいしゃべり方だ。イントネーションから察するに、内地の人間だろう。

「で、ユウジングループのことで話があると聞きましたけど」

　市島が切り出した。

「何か知ってるか？」

「中身にもよりますけど、私、少しの間、ユウジングループで働いていたことがありますので」

「おお、そうか。なら、単刀直入に聞くが、ユウジングループのデリヘルビルで働いてたリナって女の子知らないか？」

内間が訊く。

市島は胸下に腕を組み、宙を見上げた。

「うーん……。何人かいたような気がしますけど」

「芦田って客がついていた女の子なんだが」

「うーん……」

右左と宙に視線を這わせて、記憶を絞り出している。

「いたようないなかったような……。その二人がどうかしたんですか？」

「ちょっと捜してな」

「何かあったんですか？　その芦田ってのが金を踏み倒したとか。リナってのが内間さんの女だったとか」

「そんなんじゃねえよ」

夜の街の人間が考えそうなことだと思い、内間は思わず苦笑した。

「よかったら、僕も捜してみましょうか？　まだユウジングループで働いてる昔仲間もいるんで、訊いてみますけど」

「騒ぎにしたくないんだが」

「わかってます。訳ありでしょうから、それとなく探ってみます」

「そうか。じゃあ、頼もうかな。謝礼は出すから」

「いや、いいですよ。入間さんのお知り合いからいただくなんてできません。いつもお世話になってますから、入間さんには」

市島が言う。

内間は入間を見た。

「そういうことよ。こいつに任せとけ。なあ、市島」

入間は背もたれに仰け反りつつ、言った。

「はい、任せといてください。いつまでに調べておけばいいでしょうか？」

「二、三日かな。それでもわからなかったら、調べはやめていいから」

「わかりました。どちらへ連絡すればいいですか？」

「俺のスマホに直接くれ」

「じゃあ、番号を」

市島がスマホを出す。内間は市島の番号を聞き、通話ボタンをタップして、ワンギリした。

市島がディスプレイを見てうなずく。

「なら、俺はこのへんで」

内間が腰を浮かせる。

自然と神経が張り詰める。去り際に襲われることが多いからだ。

が、特に厨房の奥や入口付近に人がいる気配はない。

「内間、俺は少し市島と話があるんで、先に帰っといてくれ」

「わかりました。ありがとうございました。市島君、よろしくな」

「はい。何かわかれば、連絡します」

市島が立ち上がって、ドア口に小走りで駆けていく。

内間は入間に一礼して、市島がドアを開けるのを待って、外に出た。

市島は内間に頭を下げ、ドアを閉め、鍵をかけた。

内間は少し歩いて、振り返った。

市島と入間の関係は気になるものの、とりあえず、怪しい雰囲気はなかった。信用はできないが、過度に警戒する必要もなさそうだ。

「少し任せてみるか」

独り言ち、ビルを後にした。


鍵を閉めた市島は、少しの間、ドア口に立っていた。エレベーターのドアが開閉する音とモーター音を聞いて、ゆっくりと振り返る。

その顔に笑顔はない。

「入間。態度デカかったな、てめえ……」

片眉を上げ、睨みつける。

入間は膝を閉じ、背筋を伸ばした。

「すんません。ああしとかねえと、あいつが疑うもんで」

そう言い、テーブルに額がつくほど頭を下げた。

市島はゆっくりと元の場所に戻った。どかっと座り、脚を組む。

「まあいい。ほら、手間賃だ」

ポケットから一万円札を出し、放り投げる。テーブルを掠めて、ひらひらとフロアに落ちる。

入間は目を見開いて、いそいそと拾い、ズボンの横ポケットにねじこんだ。

「ありがとうございます」

媚びるような笑みを浮かべる。

市島は背もたれに仰け反り、冷ややかに見つめた。

「おまえ、うちの事務所に行って、少し小ぎれいにして来い。しばらく、内間を監視してもらうからよお。スーツも買ってこい」

「いいんですか！」

「きたねえのがうろついてちゃ、怪しまれんだろうが。落ちぶれたおまえを、今まで飼ってやってたんだ。働いてもらうぞ」

「なんでもやらせてもらいます」

入間が何度も何度も頭を下げる。

情けねえな……。

唾を吐きかけたくなる気持ちを抑え、スマホを取った。

「……俺だ。今から、入間を行かせるから、シャワー浴びさせ、スーツを着させて、そこで待機してろ」

命令し、電話を切る。

やおら、入間に顔を向けた。

「ということだ。北谷《ちゃたん》の別荘に車も用意するから、そこに住め。かつてのおまえのような振る舞いをしてろ。調子に乗って、無駄金を使ったり、経費をパクったら、すぐ沈めるからな」

「わかってます。裏切りません。ありがとうございます。ありがとうございます！」

卑屈なまでに腰を折る。

「さっさと行け」

右手の甲を振って、払う。

入間は何度も頭を下げ、出て行った。

市島が一つ息をついていると、馬淵から電話がかかってきた。

「市島です。馬淵さん、オプテクのあのニュースって……」

――ああ、暗号資産の入ったＨＤＤならここにある。

「社長を殺っちまったんですか！」

――事故だ。ちょっと遊んでやったらあっけなく逝った。今からそっちに行く。ＨＤＤを見せて芦田にパスフレーズを吐かせろ。

それだけ言って電話が切れた。

市島は埃っぽい室内を静かに見据えた。

第三章

1

市島と会った次の日、内間は入間に誘われ、北谷に出向いた。

北谷町は沖縄本島の中部にある町で、周辺に、嘉手納《かでな》飛行場やキャンプ・フォスター、キャンプ・レスターなどの米軍関連施設を有する。

海岸沿いには、美浜《みはま》アメリカンビレッジをはじめとするアメリカンテイストの建物や店が立ち並び、異国情緒を体感できる観光地として人気がある。

入間と内間を乗せた車は、中心から少し北東に離れた場所にある小高い丘に上がっていった。

細い道路の先に現われたのは、広い芝生敷きの庭だった。郵便ボックスが建てられた先からが敷地のようだが、特に仕切りはない。

芝生の中の道を進むと、白亜の邸宅があった。二階建ての洋館で、柱やベランダの柵には細かい装飾が施されている。

玄関前のロータリーに横付けすると、玄関先で待っていた黒いタキシードを着た男が車に歩み寄ってきた。

後部座席のドアを開ける。

内間が先に降りた。続いて、入間が降りる。

「入間様、お待ちしておりました」

軽く頭を下げる。

入間はうなずいて、内間を見た。

「ここが俺の別荘だ」

「すごいですね……」

内間は建物をまじまじと見回した。

同時に、疑念がよぎる。

公園で再会した時の入間は、とてもじゃないが、裕福には見えなかった。別荘どころか、定住先もなく、日々の食事にも困っているようにしか映らなかった。

「内間様。私は入間様からここの管理を任されております、角田《つのだ》と申します」

タキシード男は自己紹介すると、「どうぞ、こちらへ」と、入間と内間を招き入れた。

エントランスは広く、吹き抜けの天井にはシャンデリア付きのファンがゆったりと回っている。

奥にはソファーとテーブルが置かれていて、バーカウンターもある。ベランダは芝生の庭とフラットに続いていて、その先に北谷の海を望む。

エントランスを囲むようにカーブした階段があった。

タキシード男は、二人を二階へと案内した。

廊下が左右と真ん中、三方に延びている。

タキシード男は、右の廊下を進んだ。扉が右手に三つあり、最奥の部屋の扉を開けた。

「内間様のお部屋でございます」

内間は中へ入った。

小さなホールがあり、ソファーとテーブルが置かれている。テーブルにはフルーツバスケットがあり、あふれんばかりのマンゴーやドラゴンフルーツが盛られていた。

左手には寝室とリビングルーム、右手にはキッチンやシャワールームが設《しつら》えられていた。

「すごい部屋ですね……」

思わず、気後れして笑顔が引きつる。

「こちらは、ゲストルームでございます。ベッドは二つ置いてありますが、複数で来られた方用に設置しているだけですので、お好きな方をお使いいただければ結構です。冷蔵庫の中のものやこちらの果物などは、ご自由にお召し上がりください」

タキシード男は笑顔で言い、入間に顔を向けた。

「入間様、先ほど、インペリアル投信の久保《くぼ》様からご連絡がありましたが」

内間は入間の方を見た。角田の顔も目の端に映る。

斜め後ろからで角田の表情をはっきりとは拝めなかったが、一瞬、目元に浮かんでいた笑みが消えたように見えた。

その先にある入間の顔もかすかに強ばったように映る。

「内間。仕事の用事があるんで、ここでくつろいでいてくれ」

入間が笑顔を向けた。

「わかりました」

内間は笑みを返し、うなずいた。

入間が角田と共に出て行く。入間は角田を引き連れているように見えた。

ドアが閉まる。

「……気のせいか」

内間は残像を見つめながら、ホールのソファーに腰を下ろし、ドラゴンフルーツにかじりついた。

2

入間は階段に差しかかるまでは、角田を引き連れているふりを気取っていた。

が、階段を降り始めると、途端に角田の後ろに回り、背を丸めた。

「すみません、角田さん。偉そうな態度を取ってしまいまして」

「いいから、堂々としてろ」

角田が廊下の奥に目をやった。

入間は胸を張って背筋を伸ばし、角田とともに一階へ降りた。

階段脇のドアを開ける。そこにも居室があった。

角田が先に入った。入間が続く。

ドアが閉じた途端、角田は顔を上げ、ふうっと息を吐いた。そして、やおら振り向き、入間を睨む。

入間は卑屈な笑みを引きつらせた。

「先ほどはすみませんでした」

再び、頭を下げる。

「この部屋以外では、しみったれた素振りを見せるんじゃねえ。どこで見られるか、わかんねえだろうが。バレりゃ、しまいだ」

「すみませんでした」

三度、頭を下げた。

「ぺこぺこ、ぺこぺこ。みっともねえな」

角田は失笑した。

「来い」

入間に命じて、部屋の奥へ進む。入間が続く。

一階のゲストルームも、二階と同じく、ホールがあり、寝室やシャワールームが完備されている。

二階と違うのは、書斎があることだった。

角田は窓に向かって右手にある書斎に入った。

入間は中に入ると、目を瞠《みは》った。

大きなデスクに、モニターが六台設置されていた。書棚には投資関係の本が並び、サイドデスクにはノートパソコンも置かれている。

角田はハイバックの椅子に座り、足元に置いてあるデスクトップパソコンを起動した。

モニターのスイッチも入る。

映し出されたのは、株と暗号資産の取引画面だった。

「入間。おまえはここで、トレードをして食ってることにしろ。画面の見方はわかるか？」

「一応、トレードはやってましたんで」

「ならいい。内間が疑い始めたら、ここに案内して、トレード画面を見せりゃいい。それで腑に落ちるだろう。それと、ここは貸別荘だ。内間も見りゃわかる。おまえはコロナ禍で窮していたここを買い取ったことにしとけ。三億で買ったと言えば、納得する」

「わかりました。にしても、すごい金額ですね」

入間はまじまじと画面を覗き込んだ。

保有証券と暗号資産の総額は、三十億を超えている。利益率は三十七パーセントと記されている。

「これは会社の資金で転がしてる資産の一部だ。内間に見せるのはかまわねえが、下手に触っていじるんじゃねえぞ。それでマイナスが出たら、そのマイナス分に利息を乗せた金額をおまえから回収する」

角田は入間を睨み上げた。

「そんな怖いことはしません」

入間はすぐさま言い切った。

「必要経費は、これで決済しろ」

角田は二つ折りのカードケースをポケットから出し、デスクの端に置いた。

入間が手に取って、開いてみる。

ブラックカードが二枚入っていた。思わず、両眼が大きくなる。

記載された会員名は入間の本名通り、ＫＥＮＳＥＩ　ＩＲＵＭＡと記されている。期限も有効だった。

「暗証番号は５６４０。意味わかるか？」

「いえ……」

「調子に乗って、つまらねえ使い方をすれば、コロスワという意味だ」

角田がさらりと言う。

入間はぞっとして、鳥肌が立った。

「コロスワで覚えてろ。そうすりゃ、跳ねねえ」

にやりとし、立ち上がった。

「ちょっとこの椅子に座って、空気を馴染ませろ。今の感じじゃ、完全にお客さんだからな。一時間経ったら、出てこい」

角田は入間を座らせ、部屋を出た。

一人になった入間は、大きく息をついて、深くもたれた。

マウスを握り、表示されたトレーディングツールをいじってみる。

株は十銘柄、暗号資産は三銘柄保有している。有名な銘柄もあるが、あまり名の知られていない会社や聞いたことのない暗号資産の銘柄もある。そしてそれらは、不自然な動きを繰り返している。

「仕手《して》か……」

入間はモニターを睨みつけた。

仕手とは、特定の株や商品相場を意図的に操って、価格を乱高下させ儲ける手法のことを言う。

非合法な方法もあれば、グレーゾーンの手法もあり、大規模な操作が難しくなった今でも、時々行なわれている。

入間がここまで落ちぶれたのも、まさにこの仕手戦の餌食にされたからだ。

経営していた時間制スナック全店舗を居抜きで売り払った後、手元には三億円の金が残っていた。

入間はしばらくのんびり過ごすつもりでいたが、かつての仕事仲間が投資の話を持ってきた。

暗号資産と株の話だった。

入間は投資に興味はなかったが、金を寝かせておくのももったいないと思い、ギャンブルのつもりで一千万円だけ、その仲間に預けた。

すると、わずか二週間で、元手が五千万円になって戻ってきた。

驚いて、カラクリを訊いた。

そいつは、全国の大口個人投資家と組んで、株価や暗号資産の価格を操作していると話した。

グループのメンバー同士が売り買いを繰り返し、少しずつ値が上がり始めると、そこに目を付けた一般投資家が参入してきて、株価を押し上げ始めたらさらに煽《あお》って、ピークで売り抜ける。

そこで暴落が始まったら、空売りを仕掛け、下げでも儲ける。

上がっても下がっても損はしない。

どうせなら、寝かせておくより運用したほうがいい。

ただ、そのグループはメンバーが決まっていて、入間が直接取引することはできない。

だから、任せてくれ。

畳みかけられ、入間は口車に乗ってしまった。

最初に預けた五千万円は、一億になって戻ってきた。

それからも、慎重に一千万、二千万と小出ししていたが、そのほとんどが倍になって戻ってきていた。

思い返すと、それが連中の手だった。

半年ほど経った頃、そいつは大相場があると言ってきた。そこで一気に儲けよう。こんなチャンスは二十年に一度、あるかないかだ、と。

巧みだった。

手元の資金は五億を超えていた。わずか半年で二億円以上も稼いだことになる。

そこまで儲かると、金がただの数字に思えてくる。そいつは、入間の感覚が麻痺するのを待っていた。

また、〝二十年に一度〟という文言も絶妙だった。

これが、数年に一度とかめったにないという言葉なら、警戒したかもしれない。二十年というのが、妙に現実味を持たせる。

入間は生活に必要な一千万を残して、残りをすべてそいつに預けた。

もし本当なら、二週間後には数十億になって返ってくる。これでまた、松山で復権できる。

ダメでも、元金の八割は戻ってくる予定だった。またその〝二割損〟というところも、そいつの話に現実味を持たせる手法だった。

はたして――。

二週間後、そいつからの連絡を待っていたが、一向に連絡はなし。

豊見城《とみぐすく》市にあるそいつのマンションには何度も訪れたことがあるので、出向いてみたが、もぬけの殻。

名前は〝南条真健《なんじょうしんけん》〟と名乗っていたが、そのマンションの契約者は、まったく違う名前だった。

さらに、その契約者に会うと、南条と名乗った男に又貸ししていただけで、素性はわからないという。

又貸しした契約者も、突然、毎月振り込まれていた賃貸料が入らなくなった上に、貸し出していた電化製品や家財道具を一切売られ、困っていると話した。

怪しいと思い、昔仲間にそれとなく探らせると、衝撃の事実が判明した。

南条と名乗る男は、他にも投資を募って金を集めていたという。そして、その多くは、入間と同じく、金を持ち逃げされたそうだ。

手口は、入間が嵌められたものと全く同じだった。

入間自身、投資の勉強もせず、第三者の口車に乗って大事な金を預けたことに、深い自戒の念を抱いたが、虎の子を騙し取った南条と名乗った男は許せない。

当然、他の者たちも黙ってはいなかった。入間は仲間をかき集め、南条を名乗った男の捜索を始めた。

ところが、島を出て、東京や大阪などを捜し回っていた仲間の消息が途絶えた。島を中心に捜していた仲間も、一人、また一人と消えたり、捜索を断念したりする者が出てきた。

捜索を断念した仲間に訊ねても、南条のことを語る者はいない。逆に、もう探らない方がいいと警告する者もいた。

不穏な空気を感じつつも、入間は最後まで粘った。

他の者の被害は数百万、多くても二千万くらいだったが、入間は億だ。少しでも取り返さないと、気が済まない。

ようやく、南条のしっぽをつかんだと思った時、目の前に現われたのは、市島をリーダーとしたユウジングループの集団だった。

南条と名乗った男は、入間たちから騙し取った金で、用心棒を雇っていた。いわゆる〝ケツモチ〟というやつだ。

市島はそれを請け負った集団の長だった。

初め、入間は市島が送り込んできた彼の手下五人をあっさりと蹴散らした。

松山での事業をすべて手放したとはいえ、入間も那覇の夜で鳴らした男だ。わけのわからない連中に舐められて、黙ってはいなかった。

が、その抵抗が、市島の怒りを買った。

市島は二十人の手下を連れ、自ら、入間の前に現われた。

さすがに、二十人を相手に囲まれては勝てない。勝てないまでも、市島には一発入れようと思った。

負ける時も負け方というものがある。

ただただ、一方的にやられたのでは、その後、街を歩くときにもビクビクしなければならないほど追い込まれることになる。

だが、敵の大将と互角に渡り合う、あわよく勝てば、三下からは一目置かれることになり、その後の自由と安全は保障される。

市島は、なんとなく雰囲気は持っているものの、強そうには見えなかった。おそらく、刃物使いだろうと踏んだ。

であれば、一太刀食らっても、腕力に物を言わせれば、半殺しにはできる。かえって、刺されても殴り続けられる様を見せつければ、彼らは二度と、自分には逆らわないだろう。

そう思い、入間は市島に的を絞って、殴りかかった。

周りの者が、市島を守るため、彼の前に障壁を作るだろうと読んでいたが、意外にも市島の手下は彼と入間の間を塞ごうとはしなかった。

自分の動きだしが速かったからか。

勝った——。

入間は一気に市島との間合いを詰め、軽く拳を握り、ノーモーションの右フックを振った。

入間の得意技だ。

ほとんどの者は、この一撃を不意に食らい、戦意を喪失する。

市島の頬に拳が迫る。入間は腰をひねり、拳を加速した。

当たる。

確信した瞬間だった。

市島が片笑みを浮かべた。その顔が陽炎《かげろう》のように揺れ、視界からふっと消えた。拳は市島の残像を擦り抜けた。

どこだ！

目で市島の姿を捜す。

市島は入間の真下にいた。マッシュルーム頭の髪の毛が揺れ、市島の上半身が伸び上がる。視界に市島の拳が映った。

まずい！

入間は背を逸らそうとした。しかし、思いっきり上体をひねっていたせいで、腰と背中が伸びない。

市島の右拳が、入間の顎を突き上げた。

脳みその芯まで揺らぐほどの衝撃が頭部を襲った。

入間の体が反り返った。踵が浮き、宙に浮きあがる。そして、そのまま落下し、アスファルトに背中をしたたかに打ちつけた。

息を詰めた。すぐ、立ち上がろうとする。が、脳が揺れ、体の自由が利かない。

雌雄は決した。

その後、市島の手下に囲まれた入間は、死んだ方がマシと思うほどの暴行を受けた。

以来、入間は市島の下で奴隷のように働かされることになった。

つまらない欲をかいてしまったせいで、金だけでなく、人生も奪われることになった。

「こいつさえなければ……」

モニターを睨みつけ、マウスを握る。

ワンクリックで、目の前の株と暗号資産をすべて売り払うことができる。

この金を抜いて、姿をくらませば、一生身を隠しながら遊んで暮らせる。

奴隷からの解放――。

カーソルを動かし、売却ボタンの上に載せる。右手の人差し指に力を入れる。指先が震える。

と、デスクの電話が鳴った。

びくっとして体を起こし、マウスから手を離した。

卓上のワイヤレス電話を取る。

「はい……」

――俺だ。

角田だった。

——内間がうろついている。さりげなく出て行って、相手しろ。怪しまれないようにな。

「わかりました」

上擦りそうになる声を押さえ、ゆっくりと返事をして、通話を切った。

「危なかった……」

深い吐息が長々と漏れる。

もし、衝動のまま売ってしまえば、代わりに間違いなく命を取られただろう。

「生きたけりゃ、逆らうな」

入間は自分に言い聞かせ、席を立った。

3

紗由美がシステム導入フロアの小会議スペースで丸山、田辺と打ち合わせをしていると、スマートフォンが鳴った。

「ちょっとごめん」

画面を見る。ビル一階の受付からだった。

「はい、安達です」

——安達さん、面会の方が見えてますが。

「面会?」

「——益尾さんという方です。

「益尾君が?　わかりました。すぐ、行きます」

通話を切って、立ち上がる。

「ごめん、ちょっと二人で打ち合わせ進めてて」

そう言い、急ぎ足で部屋を出た。

エレベーターに乗って、下へ向かう。と、十五階で止まり、知花ゆかりが乗ってきた。

「あ、紗由美さん」

笑顔を向ける。乗り込んで、一階のボタンが押されているのを確認し、ドアを閉める。

「出かけるんですか?」

「いや、来客。ゆかりは?」

「三日、無断欠勤してる子がいるんで、ちょっと家に行ってみようかと思って」

「あら、どういう子?」

「一カ月前に入ってきた子なんですけど、闇営業のデリヘルにいた子で、なんだかわけありっぽかった感じなんで気になって」

「大変ね」

「紗由美さんがしてくれていたことと同じことをしているだけです」

ゆかりが紗由美を見つめる。

紗由美は目を細めた。

ゆかりも一時期、無断欠勤をした時があった。

ゆかりの場合、夜から昼にいきなりシフトしたせいで、心身の調子を崩したことが原因だった。

紗由美はゆかりの家に通い、声をかけ続けた。そのまま辞めてしまう子も多いからだ。

寄り添う時、戻ってきてとか、昼間がいいといった話はしない。ただただ、お茶を飲んで雑談をするだけ。

独りじゃないと感じてもらうことが大事だった。

紗由美がゆかりの下に通い詰めて二週間後、ゆかりは気力を取り戻し、職場に復帰した。

ゆかりのような例は多いが、中には、家の事情だったり、元カレや元雇い主から逃げていたりする子もいる。

「ややこしい話だったら、いつでも言ってよ。一人で解決しようと思わないで」

紗由美が言う。

逃げ回っている子の背景には、反社会的勢力が関わっていることもある。そうした時、一会社員として問題解決を図るのは難しい。

紗由美がそうした問題の解決に手を貸せたのは、楢山がいてくれたからこそ。竜司の威光が利いたこともあるが、何より、同居人が夜の街にも名の知れた刑事だったことが大きかった。

「はい、頼りにしてます」

ゆかりが首肯する。

「そういえば、紗由美さん。小耳に挟んだんですけど、派遣の人がデリヘルの子と消えたそうですね」

「あら、下まで広まっちゃってる？」

「噂好きの子も多いんで」

ゆかりは苦笑いを浮かべた。

「で、そのまま話を聞いてたんですけど、ちょっとヤバそうですね」

「何がヤバいの？」

「リナって子ですよね、派遣の人が嵌まったという子」

「そこまで流れてんの……。そうだけど」

「彼女と同じところで少しの間働いていた子がいたんですけど、その会社のやり方、かなり乱暴だったみたいです」

「どんなふうに？」

紗由美が訊く。

「女の子たちは監禁されたり、借金背負わされたりして逃げられないように仕組まれて、本番を強要されたそうです。何度もチェンジを言ってくるお客さんには暴行を加えていたみたいで」

「それはひどいね……」

「その分、取り分はよかったみたいだったんですけど、ぼろぼろにされた子も多いとか。どこまで本当かわからないんですけど」

「そう……」

芦田のことが気にかかる。

「何かまた、その噂を聞いたら、私に教えてね」

「わかりました」

エレベーターが一階に到着した。

ゆかりは軽く頭を下げ、小走りでビルから出て行った。

ゆかりを見送りつつ、ゲートを潜って、エントランスに出る。受付に近づくと、すぐ益尾の姿が見えた。

紗由美は右手を上げ、受付に声をかけて、益尾に駆け寄った。

「仕事中にすみません」

益尾が頭を下げる。

「ちょっと込み入った話が――」

「いいのよ。どうしたの?」

益尾は周りを見やった。

「うちの応接室でよければ」

「助かります」

益尾が言うと、紗由美は受付に戻って、入館証を受け取った。それを渡して、益尾と共にエレベーターホールへ向かう。

「明日あたり、東京に戻るんでしょ?」

「その予定だったんですけど……」

口が重い。

紗由美はそれ以上訊かず、エレベーターに乗り込み、十五階のコールセンターフロアで降りた。

社員証をリーダーにかざすと、自動ドアが開いた。中から、電話対応している従業員たちの声が聞こえてくる。

彼ら、彼女らは、紗由美の姿を認めると、会釈をしたり、挨拶をしたりした。

「いっぱしの上司みたいな感じですね」

益尾が言う。

「長いだけよ」

紗由美は笑い、通路奥の個室応接室に入った。ソファーとテーブルが置かれ、壁には絵画もかかっている。

「応接ブースじゃないんですね」

益尾は部屋を見回した。

「ブースはあるけど、オープンスペースが苦手なクライアントもいるしね。込み入った話をするときも、個室の方がいいし」

紗由美は微笑み、益尾を見た。

「コーヒーでいい？」

「何もいりませんよ」

「まあまあ、私も一服したいから。適当に座ってて」

紗由美は言い、部屋を出た。

益尾が手前のソファーに座って待っていると、紗由美がすぐに戻ってきた。プラスチックのカップに入ったコーヒーを二つ手に持っている。

紗由美は益尾の前にカップを一つ置き、対面のソファーに腰かけた。両手でカップを包んで、一口コーヒーを啜り、テーブルに置く。

益尾もコーヒーを飲んだ。

「で、込み入った話って？」

益尾はまっすぐ、紗由美を見返した。

「オプテクの森本社長殺害事案の件なんですけどね」

「何か進展あったの？」

「森本社長が殺害された夜、オフィスには社長一人でした。社員が時間外にオフィスへ入るには社員証のＩＤ認証が必要なんですが、直前に使われたＩＤが芦田さんのものだったんです」

益尾が話す。

紗由美の表情が険しくなった。

「芦田さんは、東京に戻っていたというわけ？」

「それはわかりませんが、当日の防犯カメラを解析したところ、芦田さんの容姿と一致する人物の出入りは認められませんでした」

「誰かが芦田さんのＩＤを勝手に使ったってこと？」

「その可能性が高いと捜査本部は踏んでいます。ただ、芦田さんが何者かに社員証を奪われたのか、芦田さん自身が誰かに社員証を貸したのかはわかりません」

益尾が言う。

「つまり、芦田さん本人に会ってみないとわからないというわけね？」

「そういうことです。で、東京の方は、本部で調べることになりまして」

「益尾君は、こっちで芦田さんの捜索にあたるということ？」

「さすが、察しがいい」

益尾が微笑んだ。

「つきましては、捜査にご協力願いたく、お邪魔させていただきました」

腿に手を置いて、頭を下げる。

「わかった。何をすればいい？」

紗由美が訊く。

「まず、今、芦田さんに代わって作業を進めているオプテクの丸山さんとその他、芦田さんと関係の深い出向社員、および、ゆいまーるの社員への聞き取りをしたいと思いますので、まずは紗由美さんから話を聞かせてもらいます。そのあと丸山さんを呼んでいただいて、僕が話を聞いている間に関係者をリストアップしておいてもらえますか」

「了解。他には？」

「芦田さんのことは、捜査案件となりましたので、今後の捜索は僕と沖縄県警に預けてもらいます。紗由美さん個人では動かないように。内間君にも伝えて、手を引かせてください」

「協力できることは――」

「紗由美さん」

益尾が強く見据える。

「……わかったわ」

不満げな紗由美を見て、益尾は苦笑する。

「紗由美さん。この件には、あまり深入りしないでください。ちょっと、嫌な感じがします」

「そんな情報があるの？」

「いえ、ただの勘ですけど、最近、嫌な予感は当たるようになってきたもんで」

「へえ、一人前になったじゃない」

「一人前、ですか？」

益尾がきょとんと紗由美を見つめる。

紗由美は微笑んだ。

「竜司さんや楢さんがよく言ってた。刑事の勘というのは、根拠がないものではなくて、現場を踏んでいくことで予測できることなんだって。経験値が上がるほど、その〝勘〟は正しい推論で、時に感じた通りの顛末を迎えるそう」

「なるほど」

「ただ、逆にその経験値から得られる勘が、捜査を狂わせることもあるそう。だから、勘が当たるようになったら、その勘を疑うことが大事と言ってた」

「それもそうですね。だからといって、紗由美さんが深入りしていいというわけじゃありませんからね」

釘をさす。

「わかってるって」

紗由美は笑みでごまかした。

「そういえば、楢山さん、どんな様子ですか？」

益尾が訊いた。

「どんなって？　何かあったの？」

紗由美に訊き返され、益尾は顔をしかめた。

「実は……」

益尾は金武道場での出来事を紗由美に話して聞かせた。

「あー、それでかあ」

紗由美が脚を組んで、コーヒーを飲む。

「何か、おかしなことでも？」

「おかしいってわけでもないんだけどさ。竜星がケガしてて、理由を聞いても、転んだと言うだけだし。楢さんは、仏間に引っ込んでることが多いし。竜星の傷が殴られたものだというくらい、すぐわかるのにねえ」

紗由美さんは笑う。

「紗由美さんの目はごまかせませんよね」

益尾も笑む。

「でも、楢さんにはいい機会だったかもしれない。私も心配してたのよ。体力は他の同年代よりはずば抜けてるけど、そうはいっても若い頃とは違うしね。そろそろ身の丈に合った活動をしてほしいなと思っていたとこ。竜星もそうだったんだと思う」

「これをきっかけに、何か変わってくれたらいいですね」

「拗《す》ねちゃうかもしれないね、あの人」

紗由美が笑った。

「楢山さんのことはお任せします。で、本題ですが、紗由美さんが調べてわかったことを教えてくれますか？」

益尾が話を戻した。

「私が知っていることは、話した限りよ。ユウジングループのビルに行ってみたけど、従業員らしき男からは知らないと返事があった。けど、何かしら知っているだろうと感じた」

「誰かに会ったりはしてないですか？」

「インターホン越しだったから、誰にも会わなかったわよ。声からすると、三十代くらいの男かなあと感じたけど。リナって女の子の顔もわからない」

「内間君から連絡は？」

「まだ。益尾君からの話を伝えたら戻ってくると思うから、その時に訊きましょう」

「そうですね。他に何か気になることはなかったですか？」

「そうねえ……」

紗由美が腕組みをする。そして、思い出したように顔を上げた。

「そういえば、リナって子が働いていた店にいた女の子が、うちで働いているみたいなの」

「どなたですか？」

「名前はまだ聞いてない。今、コールセンターの仕切りは後輩の子に任せてるから、その子が戻ってきてからでないとわからないわ」

「そうですか。では、その後輩さんが戻ってきたら、ユウジンで働いていたという女の子を特定して、会わせてもらえますか？」

「わかった。今日中には会えるよう、手配しとくね」

「助かります。じゃあ、芦田さんの同僚の丸山さんでしたか。呼んできてくれませんか？」

益尾が言うと、紗由美は首肯して立ち上がった。

「それと、内間君には連絡しておいてください。僕が会いたいと言っているので、すぐ、戻ってくるようにと」

「了解」

紗由美は笑顔を残し、応接室を出た。

益尾は紗由美を見送って、一つ息をつき、コーヒーを飲んだ。

4

ゆかりは豊見城市内にあるアパートを訪れていた。

友利《ともり》佳那《かな》が住んでいるアパートだ。

佳那は内地から沖縄に移住してきた女の子だった。ルーツは沖縄にあるらしいが、親類縁者は県内にいない。

内地では主に首都圏のキャバクラを中心に働いていた。ある店の紹介で沖縄のキャバクラに来たと言っていたが、それがどの系列なのかは聞いていない。

佳那は十七歳の頃から家を出て、夜の街で働きながら一人で生きてきたと話していた。

佳那が家を出ざるを得なくなった理由は聞いていない。

夜の街から転職してきた女性たちは、様々な事情を抱えている。

誰かに話してしまえば胸のつかえが取れる人もいれば、話すことで余計に気に病む人もいる。

だから、無理に話してもらうことはしない。

紗由美がそうであったように、ゆかりも無断欠勤が続くような子やなかなか昼の生活になじめない子には、なるべく寄り添うことだけを心がけ、行動していた。

佳那の部屋は、一階の一番奥だった。狭い通路を進み、最奥の部屋のドアをノックする。

「佳那ちゃん。ゆかりです」

声をかけ、もう一度ノックする。

奥で人の動く音がした。足音が近づいてきて、ドアの鍵が開く。少しだけ開いたドアから、前髪の長いショートカットの女の子が顔を覗かせた。

ゆかりは笑顔を向けた。

「寝てた？」

「いえ……」

「入ってもいいかな？」

ゆかりが言うと、佳那はうなずき、ドアを大きく開いた。

ゆかりはその様子をつぶさに見ていた。

特に、外を気にする様子はない。誰かにつきまとわれているようなことはなさそうだ。

中に入ってドアを閉める。ワンルームで、狭い廊下が玄関からリビングに延びている。

上がって、佳那に続く。廊下には何もなく、掃除もされていてきれいだ。

途中、キッチンがあったが、数少ない調味料は左隅に並べられていて、流し台にかけた水切りには、使い終わって洗った食器が同じ向きで規則正しく並べられていた。

生活が乱れている様子もなさそうだった。

リビングに入る。

向かって右手にベッドがあり、その手前に小さなテーブルが置かれている。奥にテレビがあり、テレビ台の脇にノートパソコンが置かれている。

左手にはファンシーケースがあり、洋服はきっちりとしまわれている。カーペットに服や下着は置かれていない。

部屋の掃除もよくしているようで、髪の毛も落ちていないし、毛玉一つなかった。

部屋には、佳那の甘い香りだけが漂っていた。

「さんぴん茶しかないですけど、いいですか？」

「おかまいなく。座っていい？」

「どうぞ」

佳那はテーブル左手にあるビーズクッションを手で指した。

ゆかりはビーズクッションに浅く尻を添えた。バッグを脇に置く。

二つのコップを出した佳那は、小さな冷蔵庫からさんぴん茶のボトルを出した。

ゆかりは、その隙に冷蔵庫の中をちらりと見た。酒は入っていないようだった。

佳那がそれぞれのコップに冷えたさんぴん茶を注ぎ、一つをゆかりの前に差し出す。

ゆかりはいただきますと言い、少しだけ飲んで喉を潤した。

コップを手に包んで、テーブルに置く。

「無断で休んで、すみませんでした」

佳那は察したように頭を下げた。

「いいのよ。具合が悪いってわけでもなさそうだから、安心した」

ゆかりは微笑んだ。

「それにしても、きれいにしてるのね」

部屋を見回す。

「物が少ないだけです」

「ううん、隅々まで掃除が行き届いてる。習慣になってないと、こんなふうにきれいにはできない。私は片づけが苦手だから、うらやましい」

ゆかりが自嘲する。

「私こそ、主任がうらやましいです。オフィスでもてきぱき動いて、いろんな指示やフォローができて。勝手に休んだ私のような子の面倒まで……」

「私も初めからそうだったわけじゃないのよ。前の主任がすごい人で、その人から手取り足取り教わって、できるようになったの」

「安達さんのことですか？」

「そう。私も紗由美さんに助けられた。同じことをしてるだけなんだけど、紗由美さんのようにはいかないね」

ふっと笑みをこぼし、さんぴん茶を飲んだ。

「けど、紗由美さんがいつも言ってたことがある。人は変わろうと思えば、いつでも変われる。一日に一ミリでも前に進めばいいし、戻っちゃったらまたそこから進めばいい。気がついたら、知らないところまで来てるからって。半信半疑だったけど、今の自分を見ると、本当だったなあって思う」

「努力しなきゃダメってことですか？」

「うーん、努力って思っちゃうと違うかなあ。昨日できなかったことを今日がんばってみるという感じ。できなくても落ち込むことはなくて、また次の日がんばってみればいいかなくらいの心持ちね」

「そんなに温《ぬる》くていいんですか？」

「それ、本当に温いことかな？」

ゆかりは佳那をまっすぐ見つめた。

佳那が少し目を伏せる。

「佳那ちゃんもわかってると思う。たったの半歩を踏み出すのも大変でしょ？　私もそうだったから」

ゆかりは佳那に目を向け続けた。

佳那はコップを何度も握り返した。そして、おもむろに口を開いた。

「主任は……どうしてそんなに強くなれたんですか？」

「必死だよ、今でも。けど、佳那ちゃんから見て、私が強く見えるとしたら、違うのは一つだけかもしれない」

「なんですか？」

「変われると信じているところ」

「信じる……」

「うん。もう無理だって思うたびに、信じようと思い直すの。今、歩いている道は間違いないから、信じてみようって。それでやっとここまでたどり着いた。まだまだだけど」

ゆかりはさんぴん茶を飲んだ。

「なんで、そんなに自分のことを信じられるんですか？」

「自分を信じているわけじゃないのかも。先を歩いてくれている人がいるから、その人の背中を信じてるのかな」

答えながら、紗由美のことを思い出していた。

「あ、そういえば」

突然、ゆかりのトーンが変わった。

佳那が顔を上げる。

「佳那ちゃん、ユウジングループって知ってる？」

それとなく訊いた。

とたん、佳那の頬が強ばった。

「ごめん。なんか、悪いこと訊いちゃったみたいね」

「いえ……」

佳那は顔をうつむけ、横に振った。

「何かあったんですか？」

「ちょっとね。でも、私たちには直接関係のないことだから、気にしないで」

ゆかりはさんぴん茶を飲み干して、立ち上がろうとした。

「私！」

佳那が声を張った。

「私、ユウジングループの店舗で働いていました」

その声はかすかに震えている。

ゆかりは座り直した。右手を伸ばして、佳那の左の二の腕をさする。

佳那は一瞬びくっと身を固くしたが、ゆかりにさすられ、脱力していった。

「言ってくれて、ありがとう。少し、話を聞かせてもらえる？」

ゆかりが言うと、佳那はゆっくりとうなずいた。

5

内間は部屋を出て、入間に連れてこられた別荘を散策していた。

角田という管理人は、ここが入間の私的な別荘のように語っていたが、内間にはそう思えなかった。

入間が今もこれほどの贅沢な生活をしているとすれば、そこかしこに女の影があってしかるべき。

入間は、渡久地巌と肩を並べるほど強かったが、一つ違うところがあるとすれば、傍らに女がいたかどうかだ。

巌は奥手というか、ストイックで、女性にはあまり興味を示さなかった。

かたや、入間のそばに女がいなかったところを見たことがない。

こういう〝癖〟のようなものは、歳を取っても変わらない。

特に、人間の三大欲求にかかわる癖は、よほどのことがない限り、変わることはない。

入間と再会した時、ここまで落ちぶれてしまったのなら女がいないのも無理はないと思ったが、金や別荘を持っていながら女の気配が微塵《みじん》もないというこの状況には、違和感しか感じなかった。

ひょっとして、別のゲストルームに女がいるのかもしれない。

内間は、ちょうど目についたドアの前で立ち止まり、あたりを見回し、取っ手に手をかけた。

「こらこら、盗みでもやらかす気か？」

遠くから声が聞こえた。

ギクッとして身を固め、声のしたほうを見た。

入間がポケットに両手を突っ込み、笑みを向けて歩み寄ってきた。

「そんなわけないじゃないですか」

内間は笑みを返し、取っ手から手を離した。

「ただ、他の部屋はどんな感じになってるのかなと思いまして」

「見たいか？」

「できれば」

内間が言うと、入間はさらっとドアを開けた。

中を覗く。誰もいない。

「入っていいぞ」

入間が言う。

内間はそろそろと中へ入った。

内間のゲストルームほど広くはないが、小ぢんまりとしたエントランスがあり、奥にはクイーンサイズのベッドが置かれている。もちろん、オーシャンビューだ。

「立派な部屋ですね」

「元々、ここは貸別荘だったんだ。コロナで客足がぱったり途絶えて、維持費にも苦労してたんで、前オーナーから俺が買い取った」

「買い取ったって……。いくらするんですか、ここ？」

ぐるりと部屋を見回す。

「三億だ」

「さっ……！」

思わず、目を丸くする。

「キャッシュの一括払いで買ったんで、五千万くらい安くしてもらったよ」

そう言って笑う。

「マジで入間さん、何やってんですか？」

内間はさらに驚いて、つい訊いた。

「秘密だ。と、言いたいところだが、それじゃあ納得しねえだろ。来い」

入間は踵を返し、歩きだした。

内間がついていこうとする。

と、後ろポケットに入れたスマートフォンのバイブレーターが震えた。

立ち止まって、スマホを出し、画面を見る。

紗由美からのショートメッセージだ。

〝調査中止。益尾さんが待っているので、今すぐ私の会社まで来るように〟

「益尾さんが……？」

何か、警察の方で動いたんだろうか。

用件のみの短いメッセージだが、無視できない緊張感が滲む。

「どうした？」

入間が振り返る。

内間はびくっとした。顔を上げる。入間が内間の手元を疑わしそうに見ている。

「いえ、ちょっとダチからの連絡で」

内間は笑顔を作り、スマホをポケットにしまって、入間に小走りで駆け寄った。

「いいのか？」

「野暮用なので、あとで大丈夫です」

「そうか」

入間は言い、歩きだす。

とにかく、今はこの別荘の状況だけでも確認したい。

あえて、紗由美からのメッセージを無視した。

入間とともに一階に降りてすぐ、階段脇のドア前で立ち止まった。

「ここが俺の部屋だ」

取っ手を握って開け、中へ入る。

内間は少し首を出して頭を下げ、ついて入った。

内間のゲストルームより少し狭い部屋だった。が、天井は高く、その奥に見えるリビングからはやはり海が望める。

ただ、他のゲストルームよりドア数が多い。

廊下を見回しながら奥へ進んでいると、入間がリビング手前で止まった。

「ここで見たことは、秘密にしてくれよ」

「はい」

強く首肯する。

入間は頷き返し、ドアを開けた。中へ入る。内間は中を覗いた。

薄暗い部屋が、パソコンモニターのブルーライトに照らし出され、海の底のような雰囲気を醸し出していた。

「すごいですね……」

思わず、こぼれる。

内間が中に入ると、入間はすぐドアを閉めた。内間の横を通り過ぎ、ハイバックの椅子に座る。

慣れた手つきでマウスを取り、画面を切り替え、表示した。

「株ですか？」

内間はモニターを覗き込んだ。

「株とＦＸ、暗号資産も取引している」

入間が画面を操作する。

保有資産の一覧が出た。

内間は総資産の評価額に目を瞠った。

「百億！」

声がひっくり返る。

「預かり資産もあるんで、全部が俺の金じゃないんだがな。それでも半分は、俺が運用している個人資産だ」

「すごい……。松山からいなくなった後、トレーダーをしていたんですか？」

「まあな」

「ずっと、島にいたんですか？」

「いや、店舗をさばいた後、一度島を離れた。ちょっと疲れたんで、のんびりしようと思ってな。そこで、昔仲間がトレードの話を持ってきて、そこから投資に興味を持ってな。始めたら、こうなったというわけだ」

　ちらりと評価額に目をやる。

「失敗しないなんて、すごいですね」

「しくじらなかったわけじゃない。最初は大きく負けたこともある。けど、コツさえつかめば、誰でも儲けることはできる。コツの部分は企業秘密だがな」

　入間は意味深に笑みを作った。

「入間さんの個人資産、百億の半分だとしても五十億でしょ？　なんで、あんな……申し訳ないけど、しょぼくれた格好をしていたんですか？」

　内間はズバッと訊いた。

「持ってるとわかりゃ、いろんなヤツがたかってくるだろ？　仕事で付き合う相手はいいが、昔仲間は正直、金にならねえ連中だからな」

入間が言う。

内間は、少しカチンときて、睨んだ。

「別に毛嫌いしてるってわけじゃねえよ。付き合う相手を変えただけだ。失敗を繰り返さないためにな」

入間は笑って言った。

「株やＦＸの他に、ベンチャー企業への投資もしてる。いわゆる、エンジェルというやつだ。知ってるか？」

「ベンチャー企業に投資して、成功すれば、その会社の株式で儲けるってやつでしょ？」

「そう、それ。そっちにも金が要るんで、過去の付き合いは断《た》ってるだけだ。けど、羽振りがいいと知れば、昔仲間は必ず寄ってくるだろうし、そうなれば、俺も放っちゃおけねえ。そうならないために、しみったれた格好をしてるってわけだ。おまえも久しぶりに会って、思ったろ？　俺がすっかり落ちぶれたと」

入間に訊かれるが、内間は返事をしなかった。

「正直に言ってくれていいんだぜ。いや、むしろ、落ちぶれたように見えたと言ってくれなきゃ、この作戦がうまくいってねえってことになる」

「……そう思いましたよ。でも、そうなら、なんで島に戻ってきたんですか。俺に声かけたんですか。俺にも知られねえほうが良かったんじゃないですか？　それに女の影もねえし」

「つい、懐かしくて、声かけちまった。いずれまた、こっちで何か始めようと思ってるからな。おまえや巌は、俺の中ではたかりをするようなヤツじゃねえからな。それと、女は島にいねえだけだ。内地には何人もいる。今はこっちで目立つような行動をしねえと決めてるからよ」

入間は笑みを崩さない。

「なんか、もう一つ、その説明信じられないんですけど」

内間は目を細めた。

「まあ、信じるかどうかはおまえ次第だ。二、三日ここにいて、見てみりゃいいよ。ゆっくりしていけ。ちょっと仕事するんで、いいか？」

入間がやんわりとトレーディングルームから内間に出るよう促す。

内間はトレーディングルームを出た。ドア口へ向かう。入間が後ろからついてきた。

入間は内間の後ろから手を伸ばし、ドアを開けた。

「また、夕食の時に会おう。それまでビーチで遊んでろ」

「ちょっと、ダチと会う予定ができたんで、いったん那覇に戻りたいんですけど」

「そうか。なら、ちょっと待て」

入間は外に出てきた。

玄関のエントランスに角田の姿がある。

「角田、内間が那覇に戻りたいというんで、車を手配してやってくれ」

「かしこまりました」

角田は少し腰を折り、玄関を出た。

「オレなら、適当に帰りますよ」

「いいから。晩飯に間に合うようなら、連絡くれよ」

「わかりました」

内間が言うと、角田が戻ってきて、声をかけた。

「内間様。車のご用意ができました」

「じゃあ、お邪魔しました」

「またな」

入間が言う。

内間は会釈し、角田の待っている玄関まで歩いた。入間は内間を見送ると、部屋へ戻った。

玄関を出ると、黒塗りのハイヤーが停まっていた。

角田が先導し、車に歩み寄る。

「これ、どこのハイヤーですか？」

内間が訊いた。

「入間様専用のハイヤーでございます」

角田は後部座席のドアを開いた。

「一応、入間様がこちらの別荘にいらっしゃることは口外しないよう、私も強く命じられておりますので、こちらへ来られる時は、この専用ハイヤーを使っていただけると幸いです。入間様に連絡いただければ、どこでもすぐに手配いたしますので」

角田は言い、ドアを閉めた。

「どちらまで？」

運転手がバックミラーを覗き込み、訊いた。

「ゆいレールのおもろまち駅までお願いします」

「かしこまりました」

返事をし、車を出す。

振り返ると、角田が玄関口で深々と礼をしていた。

内間は体勢体勢を戻し、シートに深くもたれた。

後ろから改めてドライバーを見やる。大柄で武骨な顔をした四十歳前後に見える男性だった。

黒いスーツに身を包んでいるが、スーツの上着からもわかるほど、筋骨隆々だ。

「運転手さんは、いつからここで？」

　さらっと訊いてみた。

「私はまだ、入間様の運転手を始めて一カ月くらいです」

「前は何を？」

「タクシーの運転手をしていました」

「ほう、どちらで？」

「内地です。沖縄へ旅行に来た時、たまたま、入間様の運転手を募集しているという話を耳にしまして、それで応募したらあっさりと決まって――」

「内地の仕事は大丈夫だったんですか？」

「コロナでお客さんがほとんどいない状況だったので、問題なく。というより、会社は、どうぞ辞めてくださいという顔してましたよ」

　運転手がバックミラー越しに苦笑する。

だろうな、と思い、内間も苦笑いを浮かべた。

「入間さんの運転手で、いくらもらってるんですか？」

　内間は流れで訊いた。

「そんなにもらっていませんけど、沖縄で暮らすには十分の額はいただいています。住まいも用意してもらってますし」

「お一人ですか？」

「はい。タクシーの稼ぎでは、なかなか家族を養うなんて考えづらかったんで」

運転手は言った。

形《なり》のわりに、口調は柔らかく、言葉遣いにも親しみを覚える。

内間は、見た目から、あるいは筋者かと思って話しかけてみたが、本当に内地からふらりと来た中年男性なのではないかと、考えを改めていた。

「入間さんが何をしているか、知っていますか？」

「金融関係の仕事をしているとは聞いていますが、詳しいことは知りません」

「それでいいんですか？」

「私は運転手として雇われているだけなんで、別に不自由はありません」

「突然、解雇になっても？」

「はい。独り身なので、どうとでもなりますし」

武骨な顔に笑みを作った。

雑談をしているうちに、国道３３０号を南下した車は、四十分弱でゆいレールのおもろまち駅のロータリーに到着した。

「このあたりで大丈夫ですか？」

「ええ。ありがとうございます。入間さんと角田さんによろしくお伝えください」

内間が言う。

運転手は車を降りようとした。

「あー、自分で降りるんで、大丈夫ですよ」

内間は言い、ドアを開けて、車を降りた。

ドアを閉めると、運転手は中から会釈をし、車を動かした。

内間はポケットからスマートフォンを出し、紗由美に電話をかけた。

6

檜山は安達家のマンションにこもっていた。

節子は買い物に出かけている。竜星も図書館に行っていて留守。久しぶり、家で独りだった。

仏間に座り、竜司の遺影を見上げる。

「なあ、竜司。おまえ、どう思う？」

檜山は顎先をさすった。

竜星の右フックが掠めたあたりだ。

「俺がおいぼれたのか、竜星が想像以上に強くなったのか」

ぼそぼそと語りかける。

遺影の竜司は、じっと楢山を見つめたままだ。

「おまえだったら、まだやられることはなかったかなあ。それとも、俺より早くおいぼれたか？」

語りかけて笑う。

「俺もわかってんだよ。全盛期の半分も動けねえ体になっちまってる。こいつもなくなっちまったしな」

左脚を手のひらで叩く。

「それでも、一本足でも遜色ねえように右脚は鍛えていた。竜星と向き合った時も、あいつに打たれた時も、これならいけると思ったんだよ。けどな。本当はいけてなかったな。竜星がフットワークを使わず、真正面から打ち合いに臨んできたのがわかった時、俺は頭に血が上ると同時に、情けなくなっちまった。我が子にまでナメられるのかと思ってよ。小せえか、俺？」

自嘲する。

「あげくに、あんなへなちょこフックをかすらせちまった。負けたわけじゃねえが、気持ち的には大敗北だ」

一人で話しながら、ため息をつく。

「おまえなら、どうするよ？」

竜司の遺影を見つめる。

俺なら、もう一度叩きのめす。

竜司ならそう言いそうな気がしたが、聞こえてきたのは、意外な声だった。

勝ち負けでなく、その場で起こったことを事実として受け止める。

もちろん、竜司がしゃべったわけではない。しかし、その声が聞こえた後、遺影の中の竜司がふっと笑ったような気がした。

「そうか……。そうだよな」

うつむいて、ふっと笑みをこぼす。

「ぐずぐずするのは、俺らしくねえな。わかったよ。認めちまおう。急に腹が減っちまったなあ」

パンと右腿を手で打って、立ち上がった。

「ありがとな」

遺影に微笑みかけ、立てかけていた杖を取った。

リビングに戻って、テーブルを見る。かごに入ったサーターアンダギーがある。節子がいつも作って置いているものだ。

テーブル前に腰を下ろし、湯飲みを取ってポットに入った温かいさんぴん茶を注ぎ、一口飲んで、サーターアンダギーを手に取った。

と、玄関ドアが開いた。

「ただいま」

竜星の声だった。

「おう、おかえり。腹減ったろ。サーターアンダギーあるぞ」

「僕はいいよ」

廊下から声が聞こえる。

「いいから、ちょっと来い」

楢山は竜星を呼んだ。

竜星が自室のドアの前で立ち止まった。少し逡巡《しゅんじゅん》している気配がわかる。

竜星はいったん自室に入った。リュックを置き、リビングへ来る。

楢山は湯飲みにさんぴん茶を注ぎ、テーブルの右横に置いた。

「まあ、座れ」

そう言い、サーターアンダギーをかじる。

竜星は湯飲みの前に座って、さんぴん茶を飲んだ。ちらっと楢山を見る。

楢山と目が合う。

「勉強は進んでるのか？」

楢山は訊いた。

「まあね」

竜星は所在なげにお茶を飲む。楢山と視線が切れた。

会話が途切れる。

楢山は大きく息を吐いて顔を上げ、竜星を見やった。

「昨日の手合わせだがな」

楢山が言うと、竜星の動きが止まった。

「俺の完敗だ」

「えっ」

竜星は楢山に顔を向けた。

「あのフックが当たったこともショックだったんだが、おまえごときに真正面からの打ち合いを挑まれたことの方がもっと堪えた」

楢山が笑う。

「ごめん……」

竜星が顔を伏せる。

「謝るこっちゃねえ。おまえを完膚なきまで叩きのめせれば、問題ない話だった。それができなかったということは、俺の力が衰え、おまえの力が増したということだ。そいつは受け止めるしかねえ」

「僕の力が増したというのは――」

「謙遜するな。なんでこんな結果になったのか、昨日からずっと考えてた。コロナ禍で俺が稽古できず、身体能力が予想以上に衰えていたことが一つ。竜星だからと、甘く見ていた油断と傲慢が一つ。もう一つは、いろんな修羅場をくぐってきたおまえの力が、想像以上に上がっていた点だ。おまえは、特別な稽古はしていないが、はからずも実戦で鍛えていた。現場から遠くなったせいかな。どんなに優れたプログラムより、実戦が最も力を伸ばすという原点を忘れていた」

楢山が話す。気負いはなかった。

「おまえの成長を見くびった俺の完敗というわけだ」

「でも、僕は楢さんの一発で気絶したよ」

「こいつはまだまだ衰えてねえってことだ」

拳を握って立て、にやりとした。

子供のようなその仕草に、竜星の顔も思わずほころんだ。瞬間、二人の間に漂っていたギクシャクとした空気がふっと消し飛んだ。

肩のこわばりが取れると、急に腹が減り、お茶を飲んで大きく息をつき、サーターアンダギーに手を伸ばした。

頬張って、咀嚼する。

「で、竜星。進路は決めたか?」

いきなり訊かれ、喉に詰まりそうになる。

あわてて、お茶を飲んだ。

檜山は微笑んでじっと竜星を見つめ、返事を待った。

「……まだ、迷ってる」

「そうか」

檜山はさらりと答え、サーターアンダギーをかじった。

あまりにあっさりとした態度に、竜星は拍子抜けした。

「決まってなくていいの?」

「そのうち、決まるだろ」

「そのうちって……」

「今年決まらなけりゃ、また来年決めりゃいい。来年もダメなら、再来年。おまえの人生だ。おまえが決めなきゃ意味がねえ」

「檜さんには関係ないってこと?」

「関係あるし、気を揉むことはあるが、おまえの行く道は、俺が歩く道じゃない。そこは口を出さんことにした」

檜山は、竜星を信じて見守ってあげようという節子の言葉を思い出していた。

自問自答する中で、気づいたことがいろいろとあった。

物理的力量の変化は、竜星に話した通りのことだが、それ以外に、少し竜星にかまいすぎていた自分にも気がついた。

コロナ禍で共にいる時間が増えたせいもある。自分の稽古がままならなくなったこともある。

自分のことを見つめる時間が減った分、竜星や安達家のことを考える時間が増え、それが竜星に向かっていた。

檜山は竜星にとってほぼ父親のようなものだが、身内だからといって、踏み込んではいけない本人の領域というものがある。

そこは何があっても本人に考えさせ、本人に決めさせなければならない。

節子の言葉は、竜星の心情を無視して先回りしてしまいそうになっていた自分を気づかせてくれた。

「ただ、どう進もうと、決めたらちゃんと教えてくれ。いくら、おまえが俺たちに迷惑かけたくないと思っても、こっちも用意することはあるんでな。そこは遠慮だなんだって話じゃねえから」

「わかってる。ありがとう」

竜星は笑みを覗かせた。

話していると、玄関ドアが無遠慮に開いた。

「竜星！　いるか！」

真昌の声だった。

「さっぱりわからねえ問題があるんだ。教えてくれ！」

竜星がいるかいないかも確認せず、大声で言う。

「ほら、自分の道まっしぐらの単細胞が来た」

楢山が笑う。

「行ってやれ」

二の腕を軽く叩く。

竜星は微笑んで頷き、立ち上がった。

7

市島が、ユウジングループ所有のビル最上階にあるオフィスで売り上げ集計をしていると、ドアがノックされた。

「なんだ？」

声をかける。

「羽野《はの》が来ました」

ドアの向こうから、側近の江川《えがわ》の声がした。

「入れ」

ドアが開く。

ジャージを着たツーブロックの男が姿を見せる。その後ろにいたのは、内間を送ってきた運転手だった。

二人して部屋へ入り、一礼して、ドアを閉めた。市島のデスクに歩み寄る。

「内間は？」

運転手を務めた羽野に訊く。

「おもろまちの高層ビルに入っていきました。ロビーで女と会っていましたね」

羽野が言う。

羽野は内間を下ろした後、駅近くの駐車場に車を停め、すぐさま内間を追っていた。

「女？　どんなヤツだ？」

江川が訊いた。

「こいつです」

羽野はスマホを取り出し、撮影した写真をディスプレイに表示した。

江川に見せる。江川は目を見開いた。

「あ、この女、こないだ事務所に来たヤツですよ」

江川は羽野の手からスマホを取って、市島にディスプレイを見せた。

「誰だ、この女」

市島が顎を上げて、写真を見下ろす。

「ゆいまーるという会社の安達紗由美という女だそうです」

羽野が答えた。

「ゆいまーる？　芦田が働いてたところじゃねえか」

「そういやあ、うちの事務所に来た時もリナと芦田のことを探ってましたね」

江川が思い出しながら話した。

「サツじゃなかったのか。こいつと内間の関係は？」

「わかりません。調べさせます」

江川が言う。

「入間にやらせろ。会社がどこまで芦田の動向をつかんでいるのか気になるな。そっちも調べられないか？」

「あそこのコールセンターには、うちの系列の店で働いてたのもいますんで、探らせましょうか？」

「そりゃいい。裏切らねえよう、しっかり含めて探らせろ」

市島の言葉に首肯した江川は、会釈をし、羽野と共に部屋を出た。

市島は一息ついて、また自分の仕事に戻った。

第四章

1

ゆかりがゆいまーるのオフィスに戻ったのは、午後二時を回った頃だった。

オフィスに入ると、ゆかりのサポートを務めてくれている新田《にった》直人《なおと》が小走りで歩み寄ってきた。

「知花さん、遅かったですね」

「ちょっと込み入ってってね。任せっきりでごめんなさい」

「ここは特に問題ないので、大丈夫です。それより、安達さんがお待ちですよ」

「紗由美さんが？」

「警察の方もお待ちです」

そう言うと、新田が顔を寄せた。

「芦田さんの件で何か調べているみたいですよ。警視庁の刑事さんでしたから、重大事件なのかもしれませんよ」

小声で言う。

新田は端正な顔立ちで、背もすらりと高く、好青年ふうではあるが、見た目とは違い、噂話やハプニングが大好きな男だった。

仲のいい先輩や上司にあることないこと吹き込むので、時に困ることもあるが、社内での出来事を早期につかめる情報源でもあるので目をつむっていた。

「紗由美さんは？」

「十七階のフロアにいます」

「そう。ありがとう」

ゆかりはエレベーターホールに戻っていく。

新田がついてきた。

「僕も呼ばれて、いろいろ訊かれたんですよ」

新田はちょっとしたハプニングに興奮しているようだった。

「何を訊かれたの？」

「ユウジングループを知らないかって」

新田の言葉に、ゆかりの表情が硬くなる。

「うちに、夜の街から来た子が多いんで、内情を知る人に話を聞いているということでしたけど、たぶん、芦田さんに関係したことだと思うんですよ。ほら、芦田さんが入れ込んでたという噂のリナって子、ユウジングループ関係の店で働いてるらしいって話だったじゃないですか」

「芦田さんのこと、訊かれた？」

「いや、それは訊かれてないんですけど」

「だったら、あまりそういう話はしない方がいいよ。もし、芦田さんが全然違う理由でいなくなってるんだとしたら、変な噂が立つほどに戻りにくくなるから」

ゆかりが釘を刺す。

「すみませんでした」

新田が頭を下げる。

エレベーターが到着し、ドアが開いた。

「他の子たちにもそう伝えて。お願いね」

「わかりました」

エレベーターに乗り込んで、ドアを閉める。

ふうっと一つ息をついて、十七階に上がる。フロアに降り、オフィスへ入っていく。ドア口近くにいた女性社員に声をかける。

「すみません。紗由美さんは？」

「ああ、ゆかりさん。奥の応接室にいますよ」

「ありがとう」

微笑みかけ、向かって左奥の通路を進み、個室応接室のドアをノックする。

「知花です」

声をかけると、中から「入って」という声が聞こえてきた。

ドアを開く。

中には紗由美の他に、精悍《せいかん》な顔をした中年男性と、ずんぐりとしたちょっと武骨な顔つきをした小柄な男性がいた。

一礼して、入る。

「こっちへ」

紗由美に促され、紗由美の隣のソファーに腰を下ろす。男性たちと向かい合わせになった。

「こちら、警視庁の益尾さん」

「益尾です」

精悍な顔の中年男性が頭を下げる。

「こちらは、内間君。芦田さんの捜索を手伝ってもらっていたの」

ずんぐりした男性は首をひょこっと出して会釈した。

と、ゆかりがじっと内間を見つめた。

「……なんですか」

内間は戸惑ったように益尾や紗由美を見やる。

「内間さんって、糸満《いとまん》の内間さん？」

「そうだけど……」

「やっぱ、そうだ！ 私、やんばるのゆかりです！」

ゆかりが身を乗り出す。

「やんばるの……。あ、おまえ！」

内間が目を見開く。

「何？ 知り合い？」

紗由美が内間とゆかりを交互に見やる。

「知り合いってほどでもないんですけど」

内間がちらっとゆかりに目を向ける。

と、ゆかりはにっこりと微笑んで話し始めた。

「十七歳の頃、両親と折り合いが悪くて、家出を繰り返して、あちこちで遊んでたんです。で、松山でふらふらしてた時に、面倒な人たちに絡まれちゃって。私と当時の友達が連れて行かれそうになった時、内間さんたちが助けてくれたんです」

「内間さんたち？　他に誰かいたの？」

　紗由美が訊く。

　内間が口を開く。

「巌さんといたんですよ。この子らにちょっかいかけてた連中、タチの悪いヤツらだったんで、巌さんにちょっと止めてこいと言われて。最初から巌さんが行きゃあいいのに」

　苦笑する。

「で、どうなったの？」

　紗由美が興味津々に身を乗り出す。

「オレが一人で行った時は、連中も舐めてたんですけど、そのあと、巌さんが姿を見せたら、さっさと逃げていきました」

「まあ、渡久地君なら逃げるわね」

　紗由美が笑う。

「んで、そのあと、この子らを無事に家まで送り届けるよう、巌さんに言われたんですけど、まあ、こいつらが家は嫌だの、無理やり連れて帰るなら島を出るだの、ムチャクチャ言うんで、知り合いの女の子に頼んで、しばらくそこに置いてもらったんですよ」

「すみませんでした」

ゆかりが当時を振り返って、頭を下げる。

「それで落ち着いて、二人とも家に帰ったんだけど、そこからは――」

内間がゆかりを見つめる。

「怖い思いをしたんで、私も友達も高校卒業まではなんとか我慢したんですけど、卒業と同時に友達と少し東京に出たんです。けど、私はなじめなくて、三カ月で戻ってきて、働き口もなかったんで、松山の時間制スナックで働くようになって……」

ゆかりは申し訳なさそうに話す。

「学校出てからのことはいいんだ。まあ、なんにしても、ここに辿り着いてよかったな」

内間が言う。ゆかりは微笑み、うなずいた。

「昔話はそのへんで。ゆかりちゃん、益尾さんは今、ユウジングループについて調べているんだけど、コールセンターで働いている子にユウジンで働いていた子がいると言ってたよね。リストアップしてくれない？」

紗由美が切り出した。

「わかりました。あ、さっき私が訪ねた無断欠勤の子もユウジングループで働いていたそうです」

「そう。何か聞いた？」

「はい」

ちらりと益尾と内間を見る。

「大丈夫ですよ。個人情報を外部に漏らすことはありませんから。なあ、内間君」

益尾が内間に振った。

「もちろんです。安心して話していいさー」

内間はゆかりに笑みを向けた。

ゆかりは一つ息をつくと、益尾に顔を向け、口を開いた。

「今日、会いに行った友利佳那という女の子なんですけど、彼女、うちへ来る前にユウジングループの系列店で働いていたそうです」

ゆかりが話し始める。

佳那は東京で働いていた。ゆかりと同じく、やはり親との折り合いが悪く、歌舞伎町でふらふらしていたところを、ユウジングループの男に誘われ、系列のガールズバーで働き始めた。

当初は、勤務も週に三日。十七歳だったこともあり、街頭に立って呼び込みさせられることもなく、終電前には上がらせてくれていた。

住まいも用意してもらい、給料もそこそこ。周りの女の子たちも似たような境遇の子が多く、居場所を見つけた気がしたという。

働きだして、一年が経った頃、勤め先の店長から、系列のキャバクラに移籍しないかと声をかけられた。

週三日の条件は変わらなかったものの、基本給は現在の七倍。売上歩合を含めると、何十倍、百倍を超えることも可能だと言われた。

大きく稼げるのは魅力だった。

ぼんやりとだが、自分や同じような境遇の子たちの居場所を作るために、店を開けたらという夢を抱くようになっていたからだ。

少し躊躇しつつも、佳那は移籍を決めた。

初めは、ヘルプで各席を回った。目の前の先輩たちはいつもきらびやかで、常連客もスーツに身を包んだ若手のビジネスマンが多く、雰囲気は悪くなかった。

給料も上がり、佳那も洋服やドレス、髪型にお金をかけられるようになり、みるみる垢抜けていった。

半年が経った頃、店長から一人の客をつけられた。

馬淵真一という男だった。すらりとした背の高い男で、クールなビジネスマンふうのイケメンだった。

ＶＩＰルームでの接待に緊張しながらも、そつなくこなした。

馬淵は佳那を気に入り、今度は知り合いの社長らを連れてくるという。

ＶＩＰルームを使う太客がつけば、歩合は一気に跳ね上がる。入店一年未満で、トップになることも夢ではない。

佳那は舞い上がった。

が、夢を見られたのは、その瞬間だけだった。

馬淵は三日後に約束通り、社長たちを連れてきた。年配の脂ぎった男たち三人だった。

肩書は、佳那でも知っている会社の社長や、ベンチャー企業に多額の投資をしているコンサルタントなどだった。

初めは、普通の接待だった。が、ヘルプの子と馬淵がＶＩＰルームから出て行ったところから、悲劇が始まった。

ドアが閉まった途端、一人の男にソファーに押し倒された。無理やりキスをされ、ドレスを剝かれた。

佳那は驚いて、男を突き飛ばし、ドアに駆け寄った。部屋を出ようとドアバーを倒すが、外から鍵がかけられていて、開かない。

男たちが佳那を取り囲んだ。腕を引っ張られ、ある男には平手打ちをされ、倒れたところにのしかかられ、腕を押さえられ……。

それからは、抵抗むなしく、蹂躙《じゅうりん》された。

暴行は五時間にわたり、男たちが帰る頃には、佳那はフロアに仰向けになったまま起き上がれないほど、身も心も壊されていた。

馬淵が、ユウジングループのナンバー2だと知ったのは、その直後だった。

ユウジングループのガールズバーやキャバクラの目的は二つあった。

一つは通常の風俗営業。都内に十数店舗を展開し、首都圏や地方の主要都市にも店舗を構え、そこそこのグループを形成している。

もう一つは、裏風俗で働かせる女性の窓口としての役割。ユウジングループは自社店舗とは別に裏風俗も営んでいて、そこに送り込む女性を選別するために、表の店を開いているという側面も持ち合わせていた。

「そんなグループだったの？」

紗由美の顔が険しくなる。

「知ってた？」

益尾を見る。

「噂は前から出ていたようですが、グループの系列店と裏の部分は巧みに切り離しているようで、生安が内偵を進めているのですが、なかなか尻尾をつかめていないのが現状のようですね」

益尾はため息をついた。

「その佳那さんって人に訴え出てもらうのはどうですか？」

内間が言う。

「それは難しいよ。密室のことだし、口裏を合わせられれば立証も難しいし」

紗由美がこぼす。ゆかりが続ける。

「それに、いったん裏に回されると、逆らえないほど管理されるみたいで、逃げ出した子が何人も捕まって引き戻されて、暴行を受けるところを見たそうなんです」

ゆかりがため息をつく。

「私も会ってみようか？」

紗由美が言った。

「紗由美さん！　事件には関わらないでくださいと言ったはずですよ」

益尾が睨む。

紗由美は笑みを返した。

「事件に首を突っ込むんじゃないの。困っている後輩を助けるだけ」

そう言い、笑みを濃くする。

益尾はあきれ顔で首を振った。

「本当に、話を聞くだけにしてくださいよ。それ以上は突っ込まない。約束してください」

紗由美を睨む。

「わかってるって。何かあれば、すぐ君に報告するから」

「そうしてください。では、知花さん、申し訳ないんですが、ユウジングループで働いていた人たちをリストアップしてもらえますか？　その人たちからは、明日聴取させてもらえれば」

「わかりました。準備しておきます」

「じゃあ、今日はこのへんで」

益尾が立ち上がった。

「くれぐれも無茶はしないように」

紗由美と内間を一瞥し、部屋を出た。

「さてと。じゃあ、私も」

紗由美が立つ。

「ゆかりちゃん、佳那さんの住所教えてくれる？」

「今から行くんですか？」

「早い方がいいかなと思って。あなたは益尾君に頼まれたことと主任の仕事をお願い。佳那さんのことは私に任せといて」

紗由美が言う。

ゆかりは紗由美のショートメールに佳那の住所を送った。

紗由美は確認して、うなずいた。

「じゃあ、私は行ってくるから。内間君は余計なことしちゃダメよ。今日は帰って、おとなしく寝てなさい」

そう言い、部屋を出る。

ゆかりと二人になる。

「大丈夫かなあ……」

ゆかりが心配そうにドアロを見る。

「その佳那って子の住所、オレにも教えてくれ」

「内間さんも行くんですか？」

目を丸くする。

「外で監視しとくだけだよ。関係ない野郎が行くと、佳那って子も嫌だろうし、紗由美さんがそのまま乗り込んだりするかもしれないし」

内間が苦笑する。

「そうですね。お願いします」

ゆかりは内間のスマートフォンにも佳那の住所を送った。

2

芦田は目を開いた。

明かりが飛び込んできて、目を細める。床の硬い感触がない。体の上にふんわりとした何かがかかっていて、暖かい。

ここは……。

ついに、あの世に行ったのかと思った。

それならそれで仕方ない。むしろ、あの監禁地獄から解放されたのだと思うと、胸の奥がスッとする。

「芦田さん」

女性の声がした。

首を傾ける。芦田は目を開いた。

「リナちゃん……」

微笑んだ。

「君もこっちに来たのか……」

「こっちって？」

リナが芦田を覗き込む。

芦田の感覚が戻ってきた。すっきりと晴れてきた視界には、きれいな部屋の様子が映った。布団のぬくもりや胸元に添えているリナの手のひらの重みも感じる。

リナの甘やかな匂いも鼻の奥からすうっと入ってきた。

体を起こそうとした。

あちこちが軋み、痛みが走った。顔をしかめる。

「動いちゃダメだよ」

リナが言う。

自分の右腕が見えた。点滴の管が刺さっている。

「ちょっと待ってね」

リナがベッドサイドのリモコンを取った。ボタンを操作する。と、床板の背中部分が起き始めた。

電動ベッドだ。体が起きるほどに、部屋の様子もはっきりしてくる。

あまり物はないが、テーブルやポット、湯呑みにちょっとした食器も揃えられている。

「ここは……？」

周りを見回す。

「どこかは私もわからない。いきなり、ここへ連れてこられて、入ったら芦田さんが点滴打たれて寝てたんで、ずっと横にいて……」

「ついていてくれたのか？」

「うん。このまま目を覚まさないんじゃないかと思って……」

リナが涙ぐむ。

その顔のあちこちに痣ができている。

「大丈夫かい？」

芦田は左手を伸ばした。手のひらでリナの頬を撫でる。

リナが芦田の手の甲を両手で包み、頬を擦りつけてきた。確かな肌の温もりが伝わってくる。

「ひどいことされた？」

芦田が訊くと、リナは顔を横に振った。

「芦田さんこそ、こんなに痩せて……。ごめんなさい」

右目からほろりと涙粒が落ちる。

「もう一度、逃げよう。今、すぐ」

芦田は上体を起こそうとする。しかし、痛みと脱力で起き上がれない。

「ダメ。外には、市島の仲間がいる。鍵は外からかけられてる」

リナが小声で言う。

そうだ……。

マンションで拷問された時の記憶が鮮明に蘇ってきた。

芦田を部下に任せてしばらく姿を見せなかった市島が、突然現われたのだ。

市島が持ってきたものを見て、芦田は絶句した。社長の森本が大事にしまっていたＨＤＤだった。

「芦田さん、約束通りもらってきましたよ、これ。ちょっと荒っぽい方法だったようですけど」

市島はスマホの画面を芦田に見せた。

オプテクに強盗が入り、社長の森本が殺されたことを報じるニュースサイトだった。

「そんな……。おまえら、どうかしてる……」

「あんたが暗号資産のことをしゃべらなきゃ、この事件もなかった。あんたが殺したようなもんだ。まあ、そんなことはどうでもいい。さっさとパスフレーズを教えてくださいよ、芦田さん」

その日から市島は、連日、芦田に暴行を加えた。それは凄惨を極めた。

芦田は何度も意識を失い、死を覚悟した。が、森本の無念を思い、決して口を割らなかった。

それが今、こうして治療を受けているということは……。

市島としては、芦田一人の命などどうでもいいが、ＨＤＤのパスフレーズは何が何でも解明しなければならない。

ＨＤＤを開く別の方法がわかるまで、芦田に死なれては困るということだ。

つまり、芦田がパスフレーズを話さない限り、命はつなげるという意味でもある。

その間に隙を見て、リナと二人で逃げられれば――。

甘いのかもしれないが、芦田は少しだけ希望の光を見たような気がした。

ただ、市島らがこのまま何もせず、芦田とリナを生かしておくとも思えない。

万が一の時は、市島の手から死ぬ気でＨＤＤを取り戻し、自分の身に何があっても、パスフレーズごとリナにＨＤＤを渡せればリナだけは生きていける。

「リナちゃん、ここを出たら、どんな暮らしをしたい？」

「私は、芦田さんと一緒に、何もなくても平凡で静かな暮らしがしたい。ほんとに、普通に暮らしたい」

切なる願いが声にこもる。

「でも……無理かな」

力なく微笑む。

「大志を抱け」

「えっ？」

「僕が働いている会社は、今でこそ従業員が百人を超えるＩＴ企業になったけど、起ち上げ当時はほとんど仕事がなくてね。他社が作ったシステムの保守点検ばかりしてしのいでいたんだ。けど、保守の仕事は価格競争が激しくてね。仕事を請けるほど赤字になるという状況になって、二年も経たないうちに存続の危機に立ったんだ」

宙をまっすぐ見つめ、話す。

「でも、社長はいつも僕らに言ってた。大志を抱けと。今はその力を蓄えているときだからと。普通の人なら、蒼ざめて、会社を畳む準備を始めるところだろうけど、社長は赤字は気にせず、将来につながる力をつけろと社員全員に言ったんだ。志は必ず、実を結ぶからと」

「すごい人だったんですね」

「ああ、すごい人だった。システムの保守点検をする中で、僕らはどんなシステムにバグが多いのか、その時、どう対処すればいいのかを学んだんだ。そして、やっと自社のシステムの発注が来た時、それまでに学んだことが存分に発揮されて、ほぼ完ぺきなシステムを作り上げ、その後の保守も他社では真似できないほどのレベルのサービスを提供できた。それが評判となって、業績は一気にＶ字回復したんだ」

「先見の明があったんですね、社長さん」

「そうだね。今になってみると、社長の意図がよくわかる。新入社員が入るたびに、社長は大志を抱けと言ってきたけど、一番大志を抱いていたのは社長だった」

　そこまで話し、芦田は森本と駆けぬけた日々を思い出して、少しうつむいた。

「僕もここから簡単に抜け出せるとは思っていない。けど、まだ生きてる。希望を持とう。僕とリナちゃん二人の大志を抱こう」

　芦田はリナの手を握った。

　リナは芦田を見つめ、その手を強く握り返した。

3

　紗由美は一人で、佳那のアパートに出向いた。

　途中、内間の乗ったタクシーがついてきていることはわかった。

　心配性だなと苦笑しつつも、知らないふりをしておいた。

　アパートのドアをノックする。

「こんにちは。ゆいまーるの安達です。ゆかりちゃんから住所を聞いて、訪ねました」

　声をかける。

　ドアの向こうに人の気配を感じる。が、なかなかドアが開かない。

　警戒しているのだろう。何かしらの問題を抱えている人の当然の振る舞いだ。

「ちょっとお話できたらいいなと思って。落ち着いたら開けてね」

明るい声で言い、じっと待つ。

カチャッとロックの外れる音がした。そろそろとドアが顔半分程度に開く。

紗由美は隙間から顔を見せた。

「あなたが友利佳那さん？」

訊くと、ドアの向こうの女性がうなずいた。

「安達紗由美です。会ったことないかな？」

「はい……」

「だいぶ、フロアから離れてたからなあ。私、ゆかりちゃんの前にフロア主任やってたの」

「あの……お名前は存じてます」

「そう。私も案外、有名なんだね」

ふわっと微笑む。

つられて、佳那も微笑んだ。

「入っていい？」

「え、あ……はい」

流れでつい、佳那はドアを開いた。

「お邪魔します」

するっと玄関口に入る。

佳那は表を見回し、すぐドアを閉めて鍵をかけた。

紗由美は佳那の心中を察した。

佳那に促され、部屋に上がる。ゆかりから聞いていた通り、質素だが清潔感のある部屋だった。

テーブルの脇に腰を下ろし、肩にかけたバッグを置いた。

「さんぴん茶しかないですけど――」

「あー、お気遣いなく。そこ、座って」

紗由美は自分の右斜め隣を手で指した。

佳那は紗由美に促されたとおり、そこに腰を下ろした。正座し、太腿の上で軽く両手を握って、うつむく。

「ゆかりちゃんに話を聞いて来たの」

笑顔を向ける。

佳那はますます顔を伏せた。

「ユウジングループの人たち、怖い？」

紗由美が問うと、佳那は両手を握った。

「そうよね。わかる。私もそっち系の人たちと縁を切るまで、ずいぶんかかったもの」

言うと、佳那は顔を上げた。

「安達さんもユウジンと関係していたんですか？」

目を丸くする。

「いや、私はもっと大昔の話。ヤクザやらチンピラやら。ゆかりちゃんに聞いてるかもしれないけど、私もその昔、夜の街で働いていたの」

「そうだったんですか」

佳那は驚いた表情を崩さない。

「見えない？」

「はい」

「地味なおばちゃんにしか見えないかな」

紗由美が笑う。

「いえ、そんなことは……」

「いいのよ。おばちゃんだから。けど、普通のおばちゃんに見えるようになるまで、夜の街から離れて何年……十数年かかったかもしれない」

「そんなに……」

佳那が顔を曇らせる。

紗由美はまっすぐ佳那を見つめた。

「でもね。夜の街から離れることを決めた後は迷わなかった。どんなに苦しくても、陽の下に戻ろうと思った」

「夜の街で働いてたご自身が嫌いだったんですか？」

「そうでもないよ。それもまた生きるために選んだこと。当時の私を生かしてくれたのが夜の街だったことは確かだから、感謝はしてる。今も夜の街で働いている子たちは応援してるよ。本当に好きで働いている子もいるだろうし、そこにいなきゃ息もできない子だっているし。私のように、生きるために必死に働いている子もいる。夜の街は、いろんな思いを飲み込んで、様々な事情関係なく、生きようとする人を生かしてくれるからね。必要なんだよ。そして、そこに身を置いたことを恥じる必要もまったくない」

笑みを絶やさず、話す。少し、佳那の表情が和らいできた感じがする。

「ただ、一度抜けると決めたら、何があっても揺らいじゃいけない。そしてね。そうしてがんばっている人には必ず助けてくれる人が現われる。私もそうだった」

「そんな人、私の周りには……」

「私がいる」

紗由美が言い切った。

佳那は目を見開いて、紗由美を見やった。

その佳那に深い笑みを向ける。

「私があなたを助ける。何があっても」

「本気……ですか？」

黒目が惑う。

「こんなこと、気休めや慰めで言えないよ。いざって時に逃げたら、あなたを裏切ることになるから。私たちみたいに、少し外れた場所で生きてきた人たちは、何度となくそういう思いをさせられてる。それがどれほどつらいか、どれほど心を凍らせるかを身をもって知っているから、私だけは絶対にあなたを裏切らない。ゆかりちゃんもそうだと思う。だから、もう一度信じてみない？　人を」

紗由美が見つめる。

佳那は少し目を伏せた。

気持ちは手に取るようにわかった。

いきなり現われた人を信じろと言われても、そう簡単に、はい、信じます、とは言えない。むしろ、笑顔で近づいてくる者には不信感を抱いてしまう。

佳那がひねくれているわけではない。

不遇に見舞われるたび、誰かの助けを期待してきた。しかし、手を差し伸べてくれる者はほとんどおらず、たまに助けてくれるような顔をして近づいてくる者には利用される。

そんなことが続いているうちに、本当に助けてくれようとしている人も疑うようになり、せっかく差し伸べられた手も握らず、背を向けてしまう。

紗由美はふっと微笑んだ。

「いきなり、そう言われても困るよねえ」

「いえ……」

「いいのよ。わかる。私もそうだったから。今は案外素直に人を信じられるようになったけど、三十半ばくらいまではダメだった」

「安達さんは……」

「紗由美でいいよ」

「……紗由美さんは、どうして人を信じられるようになったんですか？」

佳那がか細い声で訊いた。

「命がけで助けてくれた人がいたから」

「命がけって……。それは、そのくらい本気でって意味ですか？」

佳那の問いに、紗由美は顔を小さく横に振った。

「本当に死んじゃった」

竜司の顔がよぎる。

佳那は驚いて目を見開いた。

「紗由美さんのために亡くなったんですか？」

「私だけのためじゃないけど。私たちを守るために戦って、逝っちゃった」

紗由美は人差し指で天井を指した。

佳那は思わぬ返答に押し黙った。

「でも、その人がいてくれたおかげで、私は今、陽の当たる場所にいられる。だから今度は、私が私のような人たちを一人でも多くすくい上げる番なの」

「命を懸けるんですか？」

「死にはしないけど、そのつもりで向き合う。もちろん、あなたとも」

まっすぐ目を向けた。

その視線に、佳那は戸惑い、黒目を泳がせうつむいた。

「私はどうすれば……」

「あなたの問題を一つ一つ解決していきましょう。私も協力する」

そう言うと、佳那が顔を上げた。

紗由美は佳那の目を見つめ、深くうなずいた。

4

内間は佳那のアパートから少し離れた、部屋のドアが見える建物の壁に寄りかかっていた。

時折、周りを見ながら、アパートに目を向ける。

紗由美はまだ出てきていない。

「長話してんな」

内間はこぼした。

ただ、話が長くなるということは、それだけ打ち解けているという証拠でもある。

初対面でもスッと相手の懐に入っていって、訳ありの人の心もほぐしてしまう。

先日、紗由美に初めて会った時、度量というか強き人間の包容力というようなものを感じたが、佳那もおそらく、それを感じているのだろうと思う。

「やっぱ、あの竜司って人の系譜はすごいんかなあ……」

あの巌でさえ、竜司には一目置いていた。そんな人を支えてきた女性だ。懐の深さは他と比べようもないのだろう。

「大丈夫かな」

少し壁から離れ、伸びをしてあくびをした。

帰ろうか、と思った時、アパート前の敷地にSUVが入ってきた。古びたアパートには似つかわしくない車だ。

内間は車に目を向けた。

男が降りてきた。ツーブロックの頭髪で、右目尻にタトゥーを入れている。見た目だけでなく、気配にも煤けた臭いを感じる。

内間は壁に背を寄せ、車の方を睨んだ。

後部座席から、若い男も二人降りてくる。どちらも雰囲気はささくれている。

男たちは一階の奥の部屋のドア前に歩み寄った。

「あそこは、安達さんが入った……」

男たちの背中を睨む。

と、右目尻にタトゥーの入った男が、いきなりドアを激しく叩いた。

「佳那！　俺だ！」

大声で怒鳴り、ドアを叩く。

「開けろ！　ドアぶち壊すぞ！」

ガンガン叩き続ける。

ヤバい連中だな……。

内間は男たちを見据え、ゆっくりと近づいていった。

背後に立って、大きく息を吸う。

「おい！」

強く声をかけた。

男が手を止めた。他二人の男と共に振り向く。

「何やってんだ、おまえら？」

「あ？ やー、たっくるすよ？」

男が気色ばむ。左右にいる若い男たちも少し腰を落とし、拳を握った。

内間は右目尻タトゥーの男だけを睨んだ。

「げれんか？」

バカか、と言って挑発し、にやりとする。

男たちの体が、完全に内間の方に向いた。

これで、紗由美たちが逃げる時間は稼げる。

内間は大きく息を吸い込んだ。

安達さん、気づいてくださいよ。カッと目を見開き、男たちを睥睨《へいげい》する。

「いったーよ！ くるさりんどー！」

おまえら殺すぞ！ と周りが震えるほどの大声で怒鳴った。

5

部屋の中にいた紗由美と佳那は、突然の激しいノックに驚き、身を竦めた。

「佳那！　俺だ！」

男の怒鳴り声が聞こえた。

とたん、佳那の顔が引きつった。

「誰？」

訊くが、佳那は震えるだけ。

佳那を見る。

「開けろ！　ドアぶち壊すぞ！」

激しいノックの音に、佳那はびくっとして膝を抱え、縮こまった。

紗由美は佳那の隣に行って、肩を抱き寄せた。

「大丈夫」

腕をさすり、玄関を見据える。

紗由美はスマートフォンを握り、ドアを見つめていた。

と、「おい！」という声が聞こえた。

内間君か。

紗由美はうなずき、スマホを取り出し、警察へ連絡しようとした。

が、佳那がその手を握った。

「やめてください」

「どうして？」

「警察は呼ばないでください。警察に言ったら、何をされるかわからないんです……」

「大丈夫。頼れる人たちがいっぱいいるよ」

紗由美が言う。

しかし、佳那は紗由美の手首を強く握り、顔を横に振った。

これもよくあるといえば、よくあることだ。

道を外した者は、大なり小なり、警察にはいい感情を抱いていない。本当に助けてほしい時に助けてくれなかったという思いを持っている人も多い。

民事不介入の原則で、事件化しない事案に対して、警察官が深く踏み入ることは難しいという事情もあるが、冷たくされたという思いを強くしてしまうすれ違いが多々あるのが現実だ。

そうしている間にも、佳那のような子は堕ちてしまい、苦い思いをさせられ、ついには誰も信用しなくなる。

この場面、本当は警察を呼んで、表で騒いでいる男を連れて行ってもらう方がいいが、民事案件と判断されれば、男はすぐに釈放され、また佳那に付きまとう。

どころか、警察に言ったということで、さらなる責め苦を受けるかもしれない。

「ちょっと待ってて」

紗由美はスマホをテーブルに置き、玄関まで行った。自分と佳那の靴を取って戻ってくる。

「警察への連絡は、またにしましょう。とにかく、ここから逃げないと。汚すけど、ごめんね」

そう言って、靴を履く。

「あなたも履いて」

紗由美が促す。

内間の怒鳴り声が聞こえた。

「急いで！」

強く言うと、佳那も急いで靴を履いた。

玄関とは真反対の部屋の窓を開ける。

「スマホとお財布は持って」

紗由美が指示をする。佳那は近くにあったハンドバッグに財布とスマホを入れた。

紗由美は窓から周りの様子を見た。人はいない。裏手は柵もなく、雑木林になっている。車は玄関前の広場に置いてきた。戻れない。

紗由美は先に窓から表に出た。少し腰を落として、もう一度あたりを見回す。

「来て」

手招きする。

佳那が窓に足をかけ、飛び降りた。紗由美の脇に駆け寄り、身を屈める。

「どこに行くんですか？」

「とにかく逃げるよ」

内間のことが気がかりだが、紗由美は佳那を連れて、雑木林に消えた。

6

内間は男たちと対峙した。

じりじりと左右の若い男たちがにじり寄ってくる。

若い男たちの動きを目の端で捉えつつも、内間は右目尻タトゥーの男から視線を外さなかった。

狙いはタトゥーの男だけ。若い連中は目の前の男を倒せば逃げる。

そう踏んだ。

しかし……。

内間もそれなりに修羅場を潜ってきた。対峙すれば、ある程度、相手の力量はわかる。

左右の若い男たちはともかく、タトゥーの男はかなり強い。

時間は稼げた。紗由美なら、内間の意図に気づいて、今頃は逃げているだろう。とはいえ、車は使えないので、まだそう遠くへは行っていないはず。

退くわけにはいかないか……。

内間は拳を軽く握った。

やるしかない。

いきなり、地を蹴った。前傾姿勢で、タトゥーの男に突っ込む。

左右の若い男たちは、突然の動きに反応が遅れた。間合いを詰め切れない。

タトゥー男の前に迫る。上体を前に倒し、右腕を頭上に大きく振った。ロシアンフックだ。

渾身の力を込めて、腕を振った。

男の顔面に拳が迫った。

男は避けようともしない。

拳が顔面にめり込む、と思った瞬間、男は少しだけ顎を引いた。

ゴッ……と鈍い音が響く。

顔をしかめたのは、内間だった。

基節骨が軋んだ。右の人差し指と薬指に力が入らなくなる。手を引いて後ろに飛び退いた。

たまらず、左手で右手の甲を覆った。

男がゆっくりと顔を起こした。

内間の拳を額で受けていた。額の薄い皮膚は割れ、血が滴る。しかし、男は余裕の笑みを浮かべていた。

「折れたろ？　すげーフックだったがよ。その程度じゃ、俺は倒せねえ」

小鼻を流れ落ちた血を、ぺろりと舐めた。

「おまえら、こいつをやれ」

男は背を向けた。アパートのドアへ近づいていく。

「待て、こら！」

内間が追いかけようとする。

若い男たちが前に立ちふさがる。

内間は左腕を振った。向かって左の男にフックを浴びせる。だが、腰をねじったとたん、揺れた右手に痛みが走り、スピードが落ちた。

左手の男はダッキングしてかわした。内間のフックが空を切る。

右手にいた男が狙いすましたように、内間の右手を靴底で蹴った。

びりっと痛みが走り、たまらず身を屈める。すると、もう一人の男が背後に回り、飛び蹴りを食らわせた。

内間の体が前のめりになる。地面に倒れ込む際、とっさに手をついた。

「あうっ！」

右手の指があらぬ方向に曲がり、肘を崩して、顔から地面に突っ込む。

脇に立った若い男たちは、踏みつけたり、蹴ったりと好き放題に暴行を加える。

内間は膝を引き寄せて頭を抱え、横に丸まった。

タトゥー男が再び、ドアを叩き始めた。

「やめろ！」

内間が叫ぶ。だが、男は耳を貸さない。

「ほら、早く開けろ！　蹴破っちまうぞ！」

男がドアを蹴り始めた。建物が揺れる。

アパートには他の人もいるはずだ。が、異様な怒鳴り声と乱暴な振る舞いに怯えているのか、一人として顔を出さない。

「開けんか！」

男が思いっきりドアを蹴った。

と、木製のドアに穴が開いた。

「あーあ、やっちまったじゃねえか……」

男は足を引き抜いた。ぱらぱらと木片がこぼれ落ちる。

しゃがんで中を覗き込む。

「おら、出て――」

その目に、開いた窓が映る。

男は舌打ちした。

「逃げやがったか」

身を起こして、ポケットに手を突っ込んだ。内間の脇に歩み寄る。

若い男たちが暴行をやめた。少し後ろに下がる。タトゥー男が前に出た。

「おまえ、佳那のなんなんだ？」

「佳那って誰だ？」

口にしたとたん、背中に強烈な蹴りを喰らった。たまらず仰け反る。と、男は前面に回り、腹部に爪先を叩き込んだ。

内間は目を剝いて呻き、腰を折った。口から血混じりの胃液が飛び散る。

「おまえ、わかってて大声出して、俺らに喧嘩売って、時間稼いだんだろ？　つまらねえ手に引っかかっちまった」

男がもう一度、腹部に爪先を叩き込む。

再び、胃液に喉を焼かれ、内間は激しく咳き込んだ。

と、パトカーのサイレンが聞こえてきた。アパートの住民か近所の者が通報したようだ。

「こいつを連れてくぞ」

「行くか、ふらーたれが」

バカタレと言い、顔を起こした。

瞬間、顎先を蹴り上げられた。内間の意識が一瞬にして飛んだ。

「弱えのが根性見せるとこうなる。覚えとけ、おまえらも」

若い男たちを一瞥した。

「運んで、手足を縛れ」

言って、男がSUVに戻っていく。

若い男二人は、内間の脇と足を持ち、車の中へ運び込んだ。

7

紗由美は大通りに出てタクシーを拾うと、佳那を連れて、自宅マンションに戻った。

「どうぞ、入って」

ドア口で遠慮している佳那に微笑みかける。

節子が顔を出した。

「あら、おかえりなさい。早いのね」

「ちょっと用事があって。あ、こちら節子さん。うちのおばあ」

紗由美が佳那に言う。

佳那は小さく頭を下げた。

「こんばんは。どうぞ」

そう言い、奥へ引っ込む。

紗由美に続いて、佳那が三和土《たたき》を上がり、廊下を奥へ進む。

テーブル前に座ってテレビを見ていた楢山が紗由美に声をかけた。

「おう、おかえり」

「竜星は？」

「まだ、帰ってきてない」

楢山は言いながら、紗由美の後ろに目を向けた。

佳那が小さく頭を下げる。

「こちら、楢山さん。うちの同居人」

「旦那さんじゃないんですか？」

「うちの旦那は、あそこ」

紗由美が奥の居間を目で指す。

仏壇を見て、佳那が顔を伏せた。

「すみません……」

「いいのよ。うち、ちょっと変わってるから。おばあも同居人もみんな他人。だけど、家族なのよ」

「そういうこと。どうぞ」

キッチンから出てきた節子が、座るよう促した。

佳那は会釈をし、座った。その横に紗由美が腰を下ろす。楢山は佳那の対面にあたる奥の方へ移動した。

節子は温かい緑茶を出した。

「こっちじゃ、どこに行ってもさんぴん茶だから、たまには緑茶もいいでしょう」

湯呑を置いて、キッチンへ下がる。

「いただきます」

佳那は湯飲みを両手で包み、一口飲んだ。温かい飲み物を口にして、安堵したように大きく息をつく。

「狭いけど、落ち着くまでしばらくここにいていいから」

紗由美が言う。

「ご迷惑じゃ……」

「ああ、気にしなくていいぞ。いつも誰か彼か来てる家だから」

楢山が笑った。

佳那は笑みを返し、茶を啜った。

「あ、車……」

思い出したようにつぶやく。

「大丈夫。あとで取りに行ってくるから」

紗由美が微笑みかける。

「車って？」

楢山が紗由美を見た。

「ちょっとあってね。佳那ちゃんのアパートの前に置いてきちゃったの」

紗由美が答えた。

「そうか。じゃあ、俺が取りに行ってくるよ」

楢山がゆっくりと立ち上がった。

片足がない楢山を見て、佳那がぎょっとしたように目を見開き、すぐ顔を伏せた。

「あー、気にしないでな。俺はスーパーだから、片足はハンディでくれてやったんだ。そこいらの同年代よりは、全然動けるから」

そう言って、片足でスクワットしてみせる。

「ほらほら、つまんないアピールしてないで、行ってきて」

紗由美は車のスマートキーを投げた。檜山がひょいっと受け取る。

「住所はスマホに入れといたから、お願いね」

「おう。ちょっと行ってくる。ごゆっくり」

檜山は佳那に右手を上げて見せ、財布とスマートフォンをズボンの後ろポケットに突っ込み、杖を取って玄関へ行く。

「……すごい人ですね」

佳那がほうっと息を吐く。

「ただの筋肉バカ。頼れる人だけどね」

「ほんと、旦那さんじゃないんですか？」

「どうして？」

「なんだか、こう……呼吸がぴったりというか、なじんでるというか」

「もう、あの人とも長いからね。いろいろあったから」

紗由美が遠くを見て、目を細める。

「なんか、いいですね。そういう人がいるって」

「佳那ちゃんはこれから。必ず、出会えるよ。今は少しだけ休めばいい。ちょっと待ってね」

紗由美は深く微笑み、立ち上がった。玄関へ走る。

楢山が振り向いた。

「どうした？」

「ちょっと……」

紗由美は言い、楢山を外に連れ出した。

「実はさ。佳那ちゃんの家で話を聞いていたら、変な連中が来て、それで車を置いて逃げてきたの」

「まあ、そんなとこだろうとは思ったがな」

楢山は微笑んだ。

「その時、内間君がそいつらの足止めをして、時間を稼いでくれたの」

「内間が？　何やってたんだ、おまえら」

「……うちの会社に出向してた人が行方不明になって。その人を捜すの、手伝ってもらってたの」

紗由美は言いにくそうに伝えた。

「なんで、俺に言わないんだ……と言いたいとこだが、気をつかわせちまったな」

楢山は紗由美の頭をポンと叩いた。

紗由美はうつむき、唇を嚙んだ。

「警察にも言いにくかったというわけだな」

「佳那ちゃんが、警察に連絡しないでと言ったから。その気持ちわかるし……」

「わかった。あとは、任せろ。彼女についてってあげろ」

楢山はくしゃくしゃと紗由美の頭を撫で、出かけて行った。

紗由美は楢山の後ろ姿が見えなくなるまで見送った。

8

ユウジングループのビルに運ばれた内間は、男たちから暴行を受けていた。

内間はひたすら丸まり、急所だけはやられないように身を固くした。

とはいえ、擦り抜けた爪先や足の甲が体のあちこちに突き刺さり、顔は腫れ上がり、痛みで全身が痺れている。口の中や鼻の奥にも血のニオイが漂っていた。

「おまえ、何してたんだよ、あそこで？」

タトゥー男が内間を踏みつける。

内間は呻くが、口は割らない。

と、ドアが開いた。男たちが暴行をやめた。直立して、一斉に頭を下げる。

「ご苦労」

入ってきた男が言った。ちょっと甲高い、聞き覚えのある声だ。

腕の隙間から入ってきた男を見上げる。マッシュルーム頭の細い男だった。

「どうだ？」

「全然口を割らねえんですよ」

タトゥー男が言う。

「根性あるんだねえ」

マッシュルーム男が近づいてきて、脇腹を踏んだ。

内間はたまらず、体を開いて仰向けになった。男の顔がはっきり見えた。内間は驚いて、目を見開いた。

「おまえ……市島か？」

「あら、内間さんでしたか」

「知り合いですか？」

タトゥー男が訊く。

「ああ。よく知っているわけじゃないが、どういう人かは知ってる」

笑みを滲ませながら、睨む。

「おれらに探りを入れてたイヌだ」

言うなり、腹を踏みつけた。

内間は目を剝いた。腹を押さえ、胃液を吐きだす。横を向いて、咳き込んだ。

「どういうことだ、市島……」

「市島？　市島さんだろうが！」

タトゥー男が背中を蹴り上げた。

たまらず、仰け反る。

市島がしゃがみ、内間の顔を覗き込んだ。

「ごめんね、内間さん。内間さんがさあ、なんかヘンな女とうちのこと探ってるみたいだったから、入間使って、いろいろ訊きだそうと思ってたんだよ」

「入間さんを呼び捨てか？」

「あんな鼻くそみたいなやつ、本当は名前も呼びたくないんだけどね」

市島は声を立てて笑った。周りの男たちも笑う。

「おれ、弱そうに見えたでしょう。けど、実はこのビル最強なんですよ。見た目で損してますけどね」

市島が歯を見せてにやりとする。その眼光は刺すように冷たい。

入間に連れられていった店で会った時とは、まるで別人だ。

「で、内間さん。こいつの女のところで何してたんですか？」

さらに顔を覗き込む。

「何もしてねえ。たまたま通りかかったら、こいつらが騒いでたんで、注意しただけだ」

「それはそれは、正義感あふれる話ですねえ。でも、そうじゃないでしょう？　内間さんがいたってことは、こいつの女のところにあの女がいたんじゃないですか？　ゆいまーるの安達紗由美」

紗由美の名を出され、内間の目が一瞬泳いだ。

「やっぱ、そうか。安達は何をしに行ったんですか？」

内間の髪をつかむ。

起き上がった内間の顔が歪む。

「さっき、言いましたよ？　このビル最強は、おれだって」

言うなり、内間の顔面をフロアに叩きつけた。

フロアまではわずかな距離なのに、市島はしっかり体の重みを乗せていた。上の前歯が一本折れ、吐き出した血と共に転がる。

「暴力って、別に、拳振り回す必要ないんですよねー。相手を潰せばいいだけなんで」

市島が重みをかけて、顔をフロアに押し付ける。内間の顔面の骨がみしみしと軋んだ。

あきらかに素人ではない。何か、武道か格闘技を学んでいた者の動きだ。頭を押さえられているだけなのに、まったく動けない。

「どうします？　おれなら、このまま内間さんの顔を潰せますけど」

さらに体重を乗せてきた。頭蓋骨まで砕けそうだ。

「そういえば、佳那の部屋の前に車が停まってましたね」

脇で見ていた若い男がつぶやいた。

「佳那って女は車持ってるの？」

市島がタトゥー男を見る。

「免許持ってねえですよ、佳那は」

「ってことは、安達の車だな。おまえら、近くで見張ってろ。必ず、取りに来る。その時、かっさらってこい」

「わかりました。おい」

タトゥー男が若い男たちに声をかける。三人は連れ立って、部屋を出る。

「内間さんには、いろいろ訊きたいことがあるし、楽しませてもらいたいんで、ちょっと休んでおいてください」

スッと立ち上がる。

間、髪を容れず、爪先を鳩尾《みぞおち》に叩き込んだ。

内間は息を詰めた。目を剝き、意識を飛ばし、そのままぐったりと顔を傾ける。

市島はドアを開けた。

「縛って、北谷の別荘へ連れてこい」

部下に命じた。

9

楢山はタクシーで佳那のアパートに出向いた。

と、パトカーが停まっていて、数人の警察官が現場検証や周辺住民からの聞き取りを行なっていた。

楢山が近づいていく。と、県警本部で楢山の指導を受けたことのある警察官が楢山を認め、駆け寄ってきた。

「ご無沙汰してます」

「おう、元気か？」

「はい。どうされました？」

「そこの軽、紗由美のうちのなんだよ」

楢山は、紗由美の軽を目で指した。

「楢山さん、ここにいたんですか？」

「いや、うちの同居人なんだけどな。そこの住人も一緒だ」

穴の開いたドアを指で指す。

「今、住人はうちで保護している。ちょっと事情がありそうなんで、今すぐ所轄に連れて行くわけにはいかんが、落ち着いたら、俺が責任をもって送り届けるから、各所に伝えといてくれ」

「承知しました」

「状況はどうだったんだ？」

楢山が訊く。

「男たちが争っているという通報がありまして、私たちがここへ急行しました。到着した時には、争っていた者たちの姿はありませんでしたが、右奥の部屋のドアが破れていて、真裏の窓が開いていて、住人の姿はありませんでした。いずれにしても、事件性もあると考えられましたので、調べているところです」

「男たちはどんな風貌か、聞けたか？」

「二階の住人が様子を覗き見ていたようです。三対一で戦っていたようですね。髪を染めた若い男が二人、対峙していたのは、小柄で少し年配の男」

楢山はそれが内間だと思った。

「その男に暴行を加えていたのは、背の高い右目尻にタトゥーを入れた男のようです」

「ほお、それは特徴的だな」

「はい。今、本署に照会しています。その男たちはオレンジ色のＳＵＶに乗っていたようで、小柄な男を車に乗せて、現場を去ったようです」

「そうか。その右目尻にタトゥーの入った男とＳＵＶの情報が入ったら、連絡してくれないか？」

「わかりました」

「おまえのスマホの番号をくれ」

楢山が言うと、警察官は自分のスマホを出し、番号を伝える。楢山は警察官の番号に電話し、ワンコールで切った。

「ありがとう。じゃあ、現場検証と証言集めはしっかりな」

楢山は警察官の二の腕をポンと叩き、車に歩み寄り、乗り込んだ。

アパートから少し離れた細い路地に、タトゥー男たちが乗ったＳＵＶが停まっていた。

警察官らの姿を見て、隠れていた。

若い男一人を偵察に行かせている。

「面倒なことになりましたね」

車に残っていたもう一人の若い男が、後部シートのタトゥー男に言う。

「警察なんかにビビってんじゃねえよ。佳那が口を割らなきゃ、俺らのことはわからねえ。心配するな」

シートに仰け反り、スマートフォンをいじる。

と、偵察に出ていた男が戻ってきた。

助手席に乗り込む。

「来たか？」

「女は来てないんですけど、へんなおっさんが来て、女の車に乗って出ました」

「おっさん？　どんなヤツだ？」

「杖ついて、片足のない、デカいおっさんです。もうすぐ、この前を通りますよ」

男はシートベルトをかけた。

と、目の前の通りを軽自動車が横切った。

「これです！」

指をさす。

「とりあえず、追え」

タトゥー男が命令する。

運転席にいた若い男が車を出した。

「家に戻るつもりですかね？」

助手席の若い男が言う。

「そうだろう。見逃すな。住処《すみか》がわかりゃあ、乗り込んじまえばいいからな」

タトゥー男が言った。

軽自動車は表通りには出ず、車一台通るのがやっとの細い道を右へ左へと抜けていく。

運転する若い男は必死に追跡するが、場所によっては車幅がギリギリのところもあり、少しずつ遅れる。

住宅地から外れ、ブッシュをかき分けるような細道を進む。

「見失うんじゃねえぞ」

タトゥー男が言う。

運転する若い男は必死に軽自動車を追った。

軽自動車は、細い道の先にある路地を右に曲がった。

運転している男はアクセルを踏んだ。急いでハンドルを切り、右の道に入る。

と、ぽかっと空き地が広がった。

ブッシュの奥にある造成地だ。何かの建設予定があるのか、盛り土があり、建設資材が積まれ、重機も一台あった。軽自動車は重機の隣に停まっていた。

勢いのついたＳＵＶは、空き地の真ん中あたりまで進んで停まった。

「なんですか、ここは……」

運転していた男がつぶやく。

三人は車内から周りの様子を見ていた。

と、右手の盛り土の裏から、フォークリフトが飛び出してきた。大柄の男が乗っている。

突然現われたフォークリフトに戸惑い、車内にいる男たちは固まった。

フォークリフトは、ＳＵＶの右横に体当たりした。激しい音と共にＳＵＶの側面が凹み、後部シートにいたタトゥー男が飛ばされ、反対側の窓に頭を打ちつける。

爪がＳＵＶの下に入る。その爪が上がり始めた。ＳＵＶの右側が浮き上がり、傾く。

「逃げろ！」

タトゥー男が叫ぶ。

運転席にいる若い男はバックギアを入れ、アクセルを踏み込んだ。

しかし、遅かった。

地面を削りながら半回転したＳＵＶは、そのまま左側を下にして横転した。

フォークリフトはいったん離れた。そしてまた、突っ込んでくる。

爪がＳＵＶのプラットフォームを貫いた。

そのままＳＵＶはずるずると押される。そして、盛り土に激突した。

シートベルトをしていなかったタトゥー男は頭や体を打ちつけ、呻いた。

フォークリフトから飛び降り、盛り土を駆け上がった大柄の男は、運転席側に飛び乗った。

何かが運転席の窓ガラスを突き破った。その先端が運転していた若い男の右二の腕に食い込む。

運転していた若い男は悲鳴を上げた。

後部シートのガラスも突き破られた。タトゥー男に砕けたガラスが降り注ぐ。

黒い影が中を覗き込んだ。

「オレンジ色のＳＵＶ、右目尻にタトゥーの男。おまえらか」

野太い声が響く。

「誰だ、てめえは！」

タトゥー男が怒鳴った。

黒い影は白い歯を覗かせた。

「楢山だ。覚えとけ」

杖の先でタトゥー男の頬を突く。

頬肉がめり込み、奥歯が折れ、血が噴き出した。

「内間はどこだ？　早く言わねえと、顔に穴開けちまうぞ」

檜山はタトゥー男の頬を杖先でぐりぐりと押した。

「ナメんじゃねえぞ、おっさん！」

「そうか。じゃあ、おまえら、丸焦げになれ」

檜山は腰に差した発炎筒を取り、タトゥー男に見せつけた。

「気化したガソリンに引火すりゃあ、この車、ぶっ飛ぶぞ」

にやりとする。

「できるわけねえだろが！」

タトゥー男ががなる。

「俺はなあ。いろんなヤツを相手にしてきた。それこそ、殺し合いな。おまえらみたいに、尾行もまともにできねえような連中じゃねえ。なんでもありの本物だ。殺す気はなかったが、うっかり殺っちまったのもいたなあ」

「だから、なんだってんだ、こら！」

「だから――」

檜山は首を出して中を覗き込む。

「おまえらみたいな蛆虫《うじむし》を処分することくらい、なんとも思わねえってことだ」

笑みを濃くして、発炎筒のキャップを外す。本体を取り出し、擦り板で擦ると、真っ赤な炎が噴き出し始めた。

車内にいた男たちの顔が引きつる。が、炎がシューっと音を立てるだけだ。

「爆発しねえじゃねえか！」

タトゥー男が声を張った。

「心配すんな。今から、ガソリンキャップを開けてやる。発炎筒は五分以上火を噴いてるから、そのうち、爆発すんだろ。じゃあな」

楢山は発煙筒を置いて立ち上がり、車の側面を歩いた。

給油口の脇を杖でガンガンと叩く。

しばらくすると、中から悲鳴が上がった。

タトゥー男が仲間を置いて、窓から出ようとするが、要領を得ず、ずり落ちる。その目には、給油口を叩いているような楢山の姿が映る。

タトゥー男は蒼ざめた。

「わかった！　わかったから、やめてくれ！」

叫び声が聞こえる。

楢山はゆっくりと振り返った。

「最初から素直に吐けば、怖え思いをしなくて済むんだ。相手の力量を間違うな。内間はどこだ？」

「うちの沖縄本社ビルにいる」

「どこだ？」

「松山にある」

「住所を言え」

楢山が睨む。

タトゥー男は口早に住所を言った。スマートフォンで位置を確認する。

「何階にいるんだ？」

「たぶん、四階だ」

「どうすりゃ入れる？」

「鍵がいる」

「出せ」

「持ってねえ」

タトゥー男が言う。

楢山はいきなり杖で窓から出た顔の横っ面を殴りつけた。

タトゥー男がたまらず沈む。

楢山は車窓のところに行き、中を覗き込んだ。

「発炎筒、この中に放り込みゃあ、おまえら全員丸焼きだ」

火を噴く発炎筒を握る。

「わかった！　わかったって！」

タトゥー男はウォレットチェーンに着けていた鍵を差し出した。

楢山は手から鍵をもぎ取った。

「素直じゃねえと、早死にするぞ。老兵からの警告だ」

言い、タトゥー男の鳩尾に杖先を叩き込んだ。タトゥー男は息を詰めて目を剝き、気絶した。

楢山は前席に顔を向けた。

「おまえらも、そのままおとなしくしてろ。逃げやがったら、今度見つけた時、ぶち殺す。わかったか？」

返事がない。

「わかったのか！」

発炎筒を握った手を車内に入れた。

「わかりました！」

前席にいた若い男たちが、ひきつった声で返事をする。

「それでいい。この端っこに置いとくからな。ヘタに動きゃあ、火だるまだ」

楢山は割れた後部窓の端に発炎筒を置き、車から飛び降りた。

スマホを出し、先ほど番号交換した警察官に電話を入れる。

「――ああ、檜山だ。現場で格闘していた三人組の男を発見した。そこから南西一キロほどの造成地にSUVがひっくり返っていて、その中に三人組がいる。位置情報を送るから、すぐ急行してくれ」

檜山は伝え、軽自動車に戻る。

位置情報を入れたマップをショートメッセージで送ると、シートベルトをかけた。

「さてと。助けに行くか」

スマホを助手席に投げ、エンジンをかけた。

第五章

1

檜山はユウジングループ所有のビル前で、車を停めた。

普通の顔をして、ビルの中へ入り、エレベーターに乗り込む。四階フロアで降りる。防犯カメラがあるものの、気にせず、タトゥー男から奪った鍵でドアのロックを解除した。

自宅へ戻ったかのようにドアを開け、中へ入っていく。

靴のまま廊下に上がり、奥へ進む。

正面に扉がある。その扉を押し開けた。

中には三人の男がいた。髪を染めた者もいれば、ジャージ姿の男もいる。二十代から三十代といったところか。

三人とも、そこそこ鍛えられた体をしていた。

男たちはガラステーブルを挟むソファーに座って、スマホをいじっていた。

その手を止め、檜山を見やる。

「おまえら、内間はどこだ？」

檜山はさらりと訊いた。

男たちは、突然の訪問者に、あっけに取られていた。

「ここにタトゥーを入れた男が連れてきたのがいるだろう」

右目尻を指でなぞる。

「あー、由良《ゆら》さんが連れてきた——」

男の一人が、つい返事をする。

「おー、その由良ってのが連れてきた男だ。どこにいる？」

「ちょっと待て。おまえ、誰だ？」

髭面の長身男が立ち上がった。

「俺は檜山だ。おまえは？」

「真栄田《まえだ》だ」

長身の男もつい名乗る。

「真栄田か。由良ってのに、内間をここへ連れてきたと聞いたんだが、どこだ？」

「知らねえよ。だいたい、おまえは誰なんだ」

「だから、楢山だと言ってんだろうが」

真栄田を睨みつける。

と、ジャージを着ていた男が立ち上がって後ずさりした。

「あ、楢山って、元沖縄県警の！」

「知ってんじゃねえか」

ジャージ男を見て、にやりとする。

真栄田と髪を青く染めた男も立ち上がった。三人で楢山を睨みつける。

「やめとけ。おまえらじゃ、一分ももたねえぞ」

「なんだと、こら！」

真栄田が吼える。が、楢山はぴくりともしない。

「内間を返してくれりゃあいいだけだ。痛え思いはしたくねえだろ。さっさと出せ」

「ナメんな、一本足！」

青髪が怒鳴る。

「おいおい、それはコンプライアンス違反ってやつだ。弱者を労《いたわ》れない若者は――」

右膝を曲げて腰を落とす。

「お仕置きだ」

前に飛んだ。

思わぬ動きに、青髪の男は固まった。棒立ちの男の腹にアッパー気味の右拳を叩き込む。青髪の男の腰が折れ、後ろに吹っ飛んだ。壁に背中をしたたかに打ちつけ、そのままずるずると崩れ落ちる。

左にいた真栄田が動いた。

目の端で捉えた楢山は、杖を水平に振った。

真栄田の左頬に杖がめり込んだ。振り抜く。真栄田は横倒しになり、頭からガラステーブルに突っ込んで、天板を砕いた。

真栄田は頭部から血を流し、テーブル枠を抱えて気絶した。

ジャージの男が逃げようとした。その喉元に、杖の先を突き出す。

ジャージ男は息を詰めて、立ち止まった。

「おまえ、名前は？」

「ひ……比嘉《ひが》です」

「比嘉。内間はどこだ？」

「ここにはいません。本当です」

声が震える。

「どこへやった？」

比嘉を見据える。

「北谷の貸別荘です」

「贅沢してやがんな。場所を教えろ」

「それは……」

黒目が揺れる。

「嘘ついてんのか？」

「嘘じゃないです！」

「じゃあ、さっさと教えろ」

軽く喉を突く。

比嘉は大げさに喉を押さえて咳き込み、しゃがみ込んだ。

「そんなに強く突いてねえだろ。情けねえヤツだなあ」

楢山は呆れ笑いを滲ませ、比嘉を見下ろした。

比嘉はうずくまったまま震えている。

「どうでもいいから、早く教えろ」

首根っこをつかもうと手を伸ばす。

その時、比嘉が顔を上げた。手に光るものを握っている。

とっさに手を引っ込め、仰け反ろうとした。が、比嘉の立ち上がりが思ったより速い。

ドスッと比嘉の体が楢山の腹部にぶつかった。腹に硬いものがめり込んだ。

「クソガキが……」

「あんたは俺らを殺さない。けど、市島さんは仲間を売った者を虫けらのように殺す。だから——」

「そんなこと知るか！」

檜山は比嘉の背中に拳を振り下ろした。

比嘉が目を剝き、檜山に体を預ける。そして再び、腹部に何かがめり込む感触を覚えた。

檜山は右膝を突き上げた。

比嘉の顔面がひしゃげ、弧を描いて浮き上がる。手に持っていた光るものが檜山の足下に落ちる。

比嘉はフロアに叩きつけられ、息を詰めた。白目を剝いて、意識を失う。

足元に落ちたのはナイフだった。血で赤く染まっている。

腹を見た。左脇腹を深く刺され、シャツから滴るほど血が溢れている。

比嘉に近づこうとする。が、右膝が崩れそうになった。

「ヤバいな……」

何度も傷を負ってきた体だ。刺された傷がどのくらいの深さかはわかる。

比嘉の情けない姿に多少油断した。とはいえ、避けられない速さではなかった。

一秒……いや、ポイント数秒、回避が遅れた。

「まいったな」

内間が気になる。しかし、腹部に心臓があるかと思うほど、ドクドクと傷口が疼《うず》く。

早く止血しないと、動けなくなるな……。

歴戦の記憶が楢山に教えていた。

楢山は割れたガラステーブルから落ちた比嘉たちのスマートフォンを拾ってポケットにねじ込み、杖と右脚を踏ん張り、部屋を出た。

エレベーターに乗り込む。たまらず、壁に寄りかかる。息が荒くなる。

エレベーターが一階についた。ドアが開く。と、ユウジングループの男二人が、ドア前にいた。

「誰だ？」

つぶやいた男の顔面に、問答無用の右拳を叩き込んだ。男が吹っ飛び、路上に転がり出る。

衝撃で傷口が開き、服の下で血が噴き出す。

「なんだ、てめえ！」

もう一人の男が楢山の胸ぐらをつかんだ。

楢山は頭を引いて、頭突きを叩き込んだ。鼻梁を砕く。男は手を放し、顔を押さえた。

楢山はビルから走り出た。前に停めた軽自動車に乗り込む。エンジンをかけ、ドライブにギアを入れ、アクセルを踏み込む。

スキール音を鳴らし、軽自動車が急発進した。ハンドルを握る。しかし、目がかすみ、道路状況がよくわからない。

右に左に蛇行した軽自動車は、路上駐車した車や店舗のシャッターにぶつかりながら、左に曲がった。

国道58号線に出ようとする。その目に、路地を横切ろうとした通行人の姿が映った。

とっさにハンドルを切った。

車は、フロントからコンビニエンスストアに突っ込んだ。ガラスを砕き、商品棚をなぎ倒す。中にいた客にガラス片や商品が飛び散った。

衝撃でエアバッグが飛び出した。が、シートベルトをしていなかった楢山の上半身は浮き上がり、頭をフロントガラスに打ちつけていた。

楢山はドアを押し開けた。右脚だけで車を降りる。

客や店員の視線が楢山に向く。

衆目の中、楢山はゆっくりと前のめりに倒れた。

2

夕方、竜星が図書館から帰宅した。三和土に見知らぬ女性の靴がある。

「ただいま」

声をかけ、自室にバッグを置いて、リビングに顔を出した。

佳那を認め、会釈する。

「うちの息子、竜星。こちら佳那ちゃん。私の会社の後輩よ」

「竜星です」

改めて、頭を下げる。

佳那も会釈を返した。

「楢さんは？」

「ちょっと出かけてる」

話していると、ドアがいきなり開いた。

佳那がびくっとする。紗由美は佳那の背中をそっと撫でた。

竜星はその様子を見て見ぬふりをした。

「ちわー。晩メシありますかー」

言いながら、ずかずかと小柄な青年が入ってきた。

「おばさん、ちーす！」

右手を上げた格好で、佳那の存在に気づく。

「あ、すんません」

すぐ、肩をすぼめ、小さくなる。

紗由美は笑いながら、佳那に言った。

「安里真昌。竜星の同級生なんだけど、うちの息子のようなもの。真昌、こちら佳那ちゃんね」

「どうも」

首を突き出して、一礼する。

佳那は笑いながら頭を下げた。

「真昌、勉強してんの？」

「もう、バッチリ……と言いたいところだけど、やっぱ、わかんないとこがあるんで、聞きに来たんです」

そう言って、竜星を見る。

「大丈夫なの？　もう日にちないよ」

「大丈夫とは言い切れないですけど、やれるだけのことはやってますよ」

真昌は気負いなく話す。

「なら、大丈夫ね」

キッチンから出てきた節子が、真昌に微笑みかけた。手には、サーターアンダギーの入った籠《かご》を持っている。

「ほんと、おばあ！」

サーターアンダギーを取ってかじる。

「絶対って自信を持っている時ほど、失敗するもの。きちんと学んで、真摯に向き合うほどに不安になる。けど、それでいいのよ。自分が何もわからないことを理解するところから物事は始まる。そして、それが人を成長させる。大丈夫と言い切れないのは、真昌君が成長している証拠。だから、大丈夫」

節子は目尻の皺を深くし、真昌を見やる。真昌は照れ笑いを浮かべた。

「どうぞ。甘いもの食べるとホッとしますよ」

節子はテーブルに籠を置きながら、佳那を見つめて、うなずいた。

佳那はうつむいて、太腿に置いた手をキュッと握った。紗由美がその手の甲をポンポンと叩く。

電話が鳴った。

「僕が出るよ」

竜星はリビングの端にあるコードレスホンを取った。

「はい、安達です。ああ、益尾さん。はい……えっ！」

竜星の声が鋭くなる。

リビングの空気が張り詰めた。

「わかりました。お待ちしてます」

電話を切る。

「どうしたの？」

紗由美が訊く。他の視線も竜星に集まる。

竜星はコードレスホンを握った。紗由美に顔を向ける。

「楢山さんが事故を起こして病院に運ばれた」

3

市島は、北谷の別荘へ向かっている途中、車の中で電話を受けた。

「おれだ。うん……なんだと？」

後部シートに座っていた市島の声が気色ばむ。運転していた男の目元が緊張でひきつった。

「ちょっと停めろ」

市島が運転手に命じる。

運転手は路肩に車を寄せ、停止した。

「あ？　元県警の楢山を刺しちまったのか！　フリムンが……」

ユウジングループ沖縄本社ビルで起きたことの報告が、部下から伝えられている。

市島は返事をしながら聞いていた。

「楢山は死んだのか？　わからんだと？　調べてこい。ビルにまだ、警察は来てないんだな？　じゃあ、すぐ指示通りに動け」

市島は脚を組み替えた。

「おれの部屋の金庫に入ってるものを全部持ってこい。地下の倉庫にある武器もできるだけ運び出して、北谷の別荘まで運べ。五分以内にだ。出る時、ビルに火をつけろ」

市島の指示を傍らで聞いていた運転手の顔がひきつる。

「待機してる女？　かまわねえから、ビルを燃やせ。犠牲者が出りゃあ、それだけサツを掻き回せる。しくじったら、おまえらの命はねえぞ。やれ」

強い口調で言い、電話を切る。

「市島さん、何があったんですか？」

「バカが元刑事を刺しちまった」

「マジですか！」

運転手の男が声を上げる。

「冗談であってほしいがな。北谷の別荘に急いでくれ」

「わかりました」

運転手が車を動かす。

市島はディスプレイに番号を表示し、コールボタンをタップした。

4

木庭は競合する風俗チェーンのオーナーと、ホテルの一室で話し合っていた。

目の前のソファーに座っているのは、風俗店スリーフォレストを展開する三ツ森《みつもり》和光《かずみつ》だ。

口ひげを蓄え、金縁の眼鏡をかけた、でっぷりとした中年男性だった。

三ツ森も木庭と同じく、裏に精通した者だ。暴力団員ではないが、筋関係者とは深いかかわりを持っている。

互いの縄張りが重なり、その地域で小競り合いが起きていたので、三ツ森から話し合いをしたいと言ってきた。

木庭は応じ、場所を設けた。

部屋は木庭が指定した。両サイドと正面の部屋も借り、万が一の時のために部下を待機させている。

木庭の後ろには側近二名が、相手の背後にも手下二名が立っていた。

対峙する部下たちは仁王立ちで、正面の敵と睨み合っている。

「なあ、木庭君。頼むから、うちのシマにちょっかい出すのはやめてくれんか」

「ちょっかいとは。あの一帯は、元々私たちが仕切っていた場所ですが？」

木庭は脚を組んでソファーにもたれたまま、静かに三ツ森を見据えた。

「それはない。うちは君たちより十年以上も前から、あの界隈で商売をしている。君はまだ学生だったんじゃないか？」

「年功序列的な物言いは感心しませんねえ。この世界、年数じゃなくて、力と金じゃないんですか？」

笑みを滲ませる。

三ツ森が気色ばんだ。

「君が勢いのある若者だということは知っている。各地に店舗を展開して荒稼ぎしていることや稼いだ金を運用して莫大な益を得ていることもね。しかし、力ということであれば、話は別だ。我々にも引けない一線はある」

三ツ森の眼光が鋭くなる。

「うちはかまいませんよ。力もありますんで」

木庭の目にも力がこもる。

視線がぶつかり合い、部屋の空気が一気に張り詰める。

「大した自信も結構だが、あまり先輩を舐めない方がいい。あちこちでくすぶってるぞ、火種が」

「舐めてなどいません。先輩方々には敬意を表しています。ただ、新興勢力である私たちが仕事をするためには、先輩方の利益を少しばかり分けていただくしかありません。三ツ森さんのところにもしかるべき土産は届けてあると思うのですが」

「木庭君。子供の使いじゃないんだ。桁が二つは足りない」

「大人は怖いですねえ」

「どうだろう。君がうちのシマから手を引いて、ある程度の土産をくれれば、私が他の火種を抑えてもいいんだが」

三ツ森は眼光を強めた。

と、木庭のスマホが胸元で鳴った。スーツの内側に手を入れる。

三ツ森がびくりとして腰を浮かせる。三ツ森の部下がスーツの中に手を入れた。木庭の側近も胸元に手を入れる。

「ただの電話ですよ」

　スマホを出し、立ち上がる。

「失礼」

　そう言い、部屋の端へ行った。

　ディスプレイには〝市島〟の名前が表示されていた。

「もしもし」

──社長、すみません。ちょっとまずいことになりました。

　市島の声が強ばっていた。

「どうした？」

──うちのバカが、元刑事を刺してしまいまして。

「元刑事？　誰だ？」

──楢山です。

「ほお」

　木庭の頬に笑みが滲む。

「殺したか？」

　わざと大きい声で言い、目の端で三ツ森の反応を見る。三ツ森の顔があからさまに引きつった。

──生死はまだわかりません。とりあえず、馬淵さんから預かったＨＤＤは回収して、地下にストックしていた武器も運び出し、沖縄の本社ビルには火を放つよう命令しました。

「上出来だ。この際だ。俺たちの力を知らしめてやれ」

――何をするんですか？

「松山を締めるには、楢山と金武道場の連中が邪魔だ。もう一度、楢山を襲え。金武道場の連中も始末しろ」

――あまり派手に動くと、サツが……。

「かまわん。警察だろうがなんだろうが、邪魔するヤツらはぶち殺せ。退くな。わかったな」

――わかりました。

市島は返事をし、電話を切った。

スマホをしまい、席に戻る。

「失礼しました」

脚を組む。

「物騒な話をしていたようだが」

「うちの社員が、元刑事をバラしてしまったみたいでしてね」

「元刑事を？」

三ツ森は驚いて眉を上げた。そして、ゆっくりと浮かせた腰を下ろして、ソファーにふんぞり返った。

「そりゃあ、やっちまったな。しばらくはおとなしくしていた方がいい」

にやにやとして、木庭を見る。

「おとなしくした方がいいとは？」

「あいつらは、仲間を殺られたら、本気で潰しに来る。国家権力には逆らえんだろう」

「誰が決めたんですか。国家権力には逆らえないと」

「誰がって……。そんなのは常識も常識だろうが」

思わぬ返答に戸惑う。

「常識など、覆せばいい」

「おまえ……やる気か？」

「もちろん。警察官もただの人間。弾をぶち込みゃあ、くたばります」

口角を上げる。

三ツ森の顔が強ばった。

「一時停戦ということにしてもらえますか。シマの話は、この戦争が終わってから話し合いましょう。けど、この機に乗じて、うちを潰そうとしたら――」

木庭は脚を解いて広げ、太腿に両肘をついて、顔をうつむけた。やおら、顔を起こし、三ツ森を下から睨み上げる。

「真っ先にあんたにぶっ込む」

鬼神のような眼光が三ツ森に突き刺さる。

三ツ森はうなずくことしかできなかった。

5

檜山は、那覇市立病院に運ばれていた。

紗由美と竜星は、益尾と共に病院を訪れ、カウンセリングルームで医師と向き合っていた。

「状態はどうなんでしょうか？」

紗由美の声は震えている。

「刺創は、横行結腸を貫いて、腎臓にまで届いていました。事故の衝撃で、創口が開き、多量の出血もしています。応急手術をし、輸血もしましたが、予断は許さない状況です。大動脈が傷ついていなかったのは幸いでしたが」

医師の表情は重い。

「私が余計なことをしなければ……」

紗由美は机に肘をついて両手を握り、顔を伏せた。すすり泣きが聞こえ、両肩が揺れる。

竜星は紗由美の背中を撫で、医師に顔を向けた。

「先生、楢……父さんには会えますか？」

紗由美と竜星は、楢山の身内ということで院内に入れた。そこを踏まえ、竜星は楢山のことを〝父〟と呼んだ。

「コロナ禍なので、本来、面会は禁止ですが、いいでしょう。防護服を着てもらいますが」

「わかりました」

返事をする竜星の表情が硬くなる。

ルールを押してまで、医師が面会を許可するということは、楢山の状態が想像以上に悪いのだろうと察する。

「お願いします」

竜星が言うと、医師はうなずいた。

医師と入れ替わりに、看護師が防護服とゴーグル、医療用マスクを持ってきた。看護師が退出した後、竜星と紗由美は防護服を着こんで、マスクとゴーグルを装着した。

ドアを開けると、看護師が待っていた。

案内され、集中治療室へ向かう。

ガラス越しにベッドが見えた。いくつも並んでいるビニールシートで囲まれたベッドに楢山の姿はない。その奥の大きなガラス窓の個室にあるベッドの上に、片足のない大柄の男性が仰向けに眠っている。

　楢山だった。

　紗由美が駆け出した。ガラス窓に張りつき、楢山を見つめ、指でガラスを掻き毟った。

「中へ入れてもらうことはできませんか？」

「ちょっと待ってください」

　看護師は院内専用のＰＨＳで医師に連絡を入れた。

　二言三言かわし、電話を切る。

「許可が下りました。五分以内でお願いします」

「ありがとうございます」

「静かにしてくださいね。どうぞ」

　看護師がＩＤでＩＣＵのドアを開いた。中へ入っていく。紗由美と竜星も続く。

　忙しないベッド群の脇を抜け、個室に入る。そして、楢山が寝かされたベッドの右側へ回った。

　楢山はパンツ一枚の姿だった。腹部は大きなガーゼに覆われ、少し血が滲んでいる。上半身下半身問わず、事故の際の傷が点在している。

　紗由美はベッド脇で両膝を落とした。楢山の右手をつかむ。そこに額を押し付けた。

「ごめんね、楢さん。楢さんにまで逝かれたら、私……」

つぶやき、しゃくりあげる。

竜星はかける言葉が見つからなかった。

楢山は、竜司が死んで以降、結婚もせず、紗由美を支えてきた。紗由美も楢山に全幅の信頼を寄せていた。

そういう関係に至るには、竜星が想像もできないほどの壮絶な体験を共有しているのだろう。

竜星は二人の姿をじっと見つめた。

「看護師さん、母をお願いします」

紗由美を残して、ＩＣＵを出る。

カウンセリングルームに戻って防護服を脱ぎ、ロビーに降りる。益尾が待っていた。

歩み寄り、益尾の横に腰を下ろす。

「紗由美さんは？」

「まだ、楢さんについてると思います。益尾さん、母さんが楢さんのそばにいられるよう、手配できませんか？」

「それは医師に訊いてみる。一応、事件性のある事案の被害者だからな、楢山さんは。信頼のおける介添人は必要だ」

「お願いします。おばあたちは？」

「警察署で保護している。真昌君と紗由美さんが連れてきていた佳那という女性も。君もしばらく、うちへ戻らない方がいい」

益尾が促す。

「何があったんですか？」

益尾を見やった。

「詳細は話せない。警察が傷害事案として捜査を始めているからね。関係していそうな者のうち、二人は逮捕して取り調べ中だ。安心してくれ」

益尾が言う。

楢山が所轄の警察官に連絡を入れ、検挙させたＳＵＶの男たちのことだ。三人という話だったが、一人は逃走していた。しかし、そのことは黙っていた。

「そうですか。わかりました。ただ、勉強道具なんかを取りに戻らなければいけないので、一度帰ります」

「そうか。なら、署の警察官に送らせよう」

「僕なら大丈夫ですよ」

「しかし、万が一があっては――」

話していると、益尾のスマホが鳴った。

「もしもし、益尾です。……本当ですか！」

益尾の声がロビーに響く。

ロビーにいた人たちの視線が益尾に向いた。

「はい。わかりました、すぐ向かいます」

電話を切ると、竜星を見た。

「すまない。楢山さんが事故を起こした現場付近で火災が発生したらしい」

「楢さんと関係ありそうな話ですか？」

竜星の問いに益尾はついうなずいた。

「こっちは僕に任せて。君は必要なものを取ったら、すぐ警察署で節子さんたちと合流してくれ」

「わかりました」

竜星の返事にうなずき返し、益尾は急いでロビーを出た。

竜星は益尾を見送り、病院を出た。

「竜星！」

声をかけられ、そちらを見た。

金武の姿があった。島袋や安座間、照屋、与那城といった金武道場の師範代も顔をそろえている。

竜星は頭を下げ、近づいた。金武たちも駆け寄ってくる。

「楢山さんは？」

金武が訊く。

「今、集中治療室にいて、意識はありません」

竜星の言葉に、一同の顔が曇る。

「刺されたって？」

島袋が言う。

「なぜ、それを？」

「真昌から連絡があったんだ。今、自分も警察署にいるから、安里さんに事情を伝えてくれと」

島袋が話す。

竜星は納得して、うなずいた。

「真昌から何か聞いてませんか？」

「何かとは？」

「楢山さんに何があったのか」

竜星が言うと、島袋の黒目が泳いだ。

「いや、別に。おばあたちは大丈夫だからとは言ってたか」

島袋が安座間たちの方を見やる。

「おお、そうだな」

　照屋や与那城が何度も首肯する。

　竜星は島袋たちをじっと見ていたが、笑みを浮かべた。

「そうですか。じゃあ、僕はここで」

「どこへ行くんだ？」

　金武が訊いた。

「益尾さんに、僕も警察署に合流するよう言われているんですよ。家に寄って、勉強道具を取ってこようと思っていたんですけど、益尾さんも緊急事態で出て行ったし、心配かけないよう、このまま警察署に行こうかと思います」

「そうか。島袋、送ってやってくれ」

「わかりました。竜星、行こうか」

「じゃあ、お願いします」

　竜星は頭を下げた。島袋と共に駐車場に向かう。

　金武と残った師範たちが二人を見送る。

「ふう、危ない危ない」

　安座間がつぶやく。

「あいつが聞いたら、すぐにでも殴り込むかもしれんからなあ」

照屋が腕組みをした。

金武たちは、真昌からの連絡で、事の仔細を聞いていた。

真昌が、佳那という女性から聞いた話によると、楢山は、紗由美が佳那のアパート前に置いてきた軽自動車を取りに行ったということだ。

車を置いてきた理由は、紗由美が佳那のアパートに来ていた時、昔関わりのあった男が訪ねてきて、その男から紗由美と共に逃げだしたためだということだった。

その男というのは、ユウジングループの由良という男らしい。右目尻にタトゥーを入れている長身の男だそうだ。

警察もすでに動いている。が、盟友がやられて、黙っているわけにはいかない。

「俺たちも行くぞ。ユウジングループの連中を見つけて、由良の居場所を吐かせろ。抵抗するヤツはぶちのめしてかまわん。見つけたらすぐ、全員のＳＭＳに連絡を入れろ」

金武が怒気をまとう。

安座間、照屋、与那城の三人の目つきも鋭くなった。

6

竜星は沖縄県警本部の前で車を降りた。

「ありがとうございました」

「おう。おとなしくしてろよ」

　島袋が言う。

「どういう意味です？」

「あ、ええと、その……楢山さんが襲われて腹立たしいだろうが、そこは警察に任せろという意味だ」

「わかってます。島袋さんは、どうするんですか？」

「どうするって、おまえ……」

　黒目が落ち着かない。

「稽古しながら、楢山さんの回復を祈るよ」

「そうですか。僕も勉強しながら、楢さんの回復を待ちます。きっと、大丈夫ですから」

「そうだ。あの人は死なない。じゃあな」

　島袋は言い、車を出した。

　テールランプを見送る。

「嘘つけない人だなあ」

　竜星は笑った。

　ぽろりとこぼれた言葉から導くと、真昌から情報を得た金武たちは、楢山を刺したらしい男がいる場所へ向かうのだろうと推察できる。

つまり、真昌が仔細を知っているということだ。

警察署の中へ入った。

受付で声をかけると、少年課の稲嶺《いなみね》が迎えに現われた。

「竜星君、よく来た」

笑顔を向ける。

「ご無沙汰してます」

竜星は会釈した。

「大変だったな」

竜星の背中を軽く叩いて、歩きだす。竜星も並んで歩きだした。

「楢山さんの状態は？」

「予断を許さない状況だそうです」

「そうか……」

稲嶺の顔が曇る。

「楢山さんを襲った人の特定はできているんですか？」

「いや、まだだ。必ず、犯人は逮捕するから、任せておけ」

「お願いします」

一階フロア最奥の会議室に案内される。

稲嶺がドアを開く。中には、節子と真昌がいた。

「安全が確認できるまで、ちょっと窮屈だが、署で待機しておいてもらいたい」

「わかりました」

竜星は首肯した。

竜星を中へ入れて、稲嶺はドアを閉めた。三人になる。

「楢山さんはどうだった？」

真昌が訊いてきた。

「意識は戻ってない。集中治療室で寝てる」

節子の目が心配そうに揺れる。

「紗由美ちゃんは？」

「まだ、病院にいると思います。楢さんのそばにいるかはわかりませんけど」

「そう……彼女にはつらいわね」

節子はうつむいた。

自身も夫と息子二人を亡くしている。紗由美の心境は痛いほどわかるのだろう。

「おばあ。僕の代わりに、母さんのそばにいてもらえませんか」

竜星が節子を見た。

「おばあなら、母さんのことわかってあげられると思う。今、母さんを支えられるのはおばあしかいない。お願いします」

竜星が深く頭を下げる。

節子は、紙コップのお茶を飲むと、ゆっくり立ち上がった。

「そうね。稲嶺さんに話してくるわ」

節子はゆっくりと部屋を出た。

「楢さん、そんなに悪いんか？」

真昌が竜星を見やる。

竜星は重い表情で首を縦に振り、真昌の隣に座った。

「真昌、佳那さんからいろいろと話を聞いたんだろ？」

訊くと、真昌はあからさまな愛想笑いを浮かべた。

「まあ、少しはな」

口角が少しヒクヒクしている。

「僕に話すなと、益尾さんか稲嶺さんに言われてる？」

「あー、いやー」

動揺が顔全体に滲んで、おもしろい。

「教えてよ。何も知らないのは気持ち悪いからさ」

笑顔を向ける。

「頼む」

まっすぐ見つめる。

真昌は顔をうつむけ、ため息をついた。大きく息を吐いて、やおら顔を起こす。

「話してやるが、キレて妙な真似するんじゃねえぞ」

「何もしないよ。知りたいだけだ」

「約束な」

真昌の言葉に、竜星は大きく首肯した。

真昌は少し体を寄せ、小声で話し始めた。

「佳那さんに聞いた限りではな――」

真昌は、紗由美が佳那の下を訪ねてきたこと、話している最中、昔の男がやってきたこと、誰かが昔の男と争っている隙に逃げてきたことを話した。

「――で、楢山さんは、佳那さんのアパート前に置いてきたおばさんの車を取りに行ったそうなんだよ」

「佳那さんのアパートって、松山あたり？」

竜星が訊いた。

最初に電話を受けた時、楢山が事故を起こした場所が那覇市内の松山地区だと聞いていたからだ。

「いや、西崎《にしざき》の方と言ってた」

　真昌が言う。

西崎と言えば、糸満の方向。国道58号線沿いにある那覇市内の松山地区からは遠い。

「なんで、楢さん、松山まで行ったんだ？」

「それはわからないんだけど……。佳那さんの昔の男ってのが、ユウジングループの従業員だったらしいんだ」

「ユウジングループって？」

「松山で風俗チェーンをやってる会社だよ。おまえはあんま関係ないだろうけど、オレの昔仲間には、関わってるのもいるよ」

「どういう会社なんだ？」

「キャバクラがメインの会社だけど、裏風俗もやってるみたいだ。詳しいことは知らないんだけど、あまりいい噂は聞かねえ」

　真昌が眉根を寄せる。

「二度と佳那さんに手を出さないよう、含めに行ったのかなあ。おばさんも関わってるし」

「それもありそうだけど……」

竜星は腕組みをした。

楢山なら、そうした人助けをすることはあり得る。だが、それなら、何も敵陣に単身で乗り込む必要はなく、佳那の昔の男を捕まえて言い含めればいいだけだ。

警察に言わなかったということは、佳那がそれを拒んだのだろう。であれば、なおさら、事を荒立てるような真似はしないはず。

「佳那さんの男と争ってたという人は誰？」

「男だったそうだけど、わからないんだと」

真昌が答える。

「楢さんは、ああ見えても、大事な場面では慎重に動く人だ。そんな人が、一触即発の場所に一人で乗り込んで、刺されて、事故まで起こすっておかしくないか？」

「オレもそう思うんだけどな。ひょっとして、その争ってた男ってのが、楢山さんがよく知ってる男って可能性も考えた。思いつくのは、金武道場の師範代だったんだけど、訊いてみると、どうも違うらしい。おまえ、心当たりはないか？」

逆に、真昌に訊かれる。

竜星は、真昌をまっすぐ見つめた。真昌に動揺する様子はない。

どうやら、自分が知っていることは話し終えたようだ。

竜星は改めて、事件に関わりそうな楢山の知り合いを思い浮かべようとする。が、よく考えると、沖縄県警の関係者と金武道場の者たち以外、楢山が親しくしている人物は思い当たらなかった。

いつも楢山は自分のそばにいてくれた。楢山のことはよく知っているつもりだった。しかし、その実、楢山について何も知らなかった自分を思い知らされた。

竜星は立ち上がった。

真昌も立ち上がり、腕を握る。

「どこに行くんだよ」

「うちに戻る」

「おまえ、ユウジングループのビルに行くつもりじゃねえだろうな。その件は、佳那さんの証言で警察も動いてるし、金武さんたちも――」

「本当に家に戻るだけだ。帰って、勉強するよ。僕にできるのは、今、自分のすべきことをして、楢さんの帰りを待つことだけだから」

「じゃあ、オレも行くよ。おまえんとこに、カバン置いてきた」

「いいよ」

竜星は笑った。

節子が稲嶺と共に戻ってきた。

「竜星、私が病院へ行くことになったから」

節子が言う。

「病院にいる方が、警護もしやすいからな」

稲嶺が付け加える。

「よかった。お願いします」

稲嶺に頭を下げた。

「稲嶺さん。僕と真昌は、家に戻りたいんですけど」

竜星が言う。

「どういうことだ？」

「家に戻って、僕は共通テストの勉強、真昌は採用試験の勉強をしたいと思いまして」

竜星が答える。

稲嶺はじっと竜星を見つめた。長年、捜査畑に身を置いた刑事の眼力は圧がある。竜星は静かに見つめ返した。

稲嶺がふっと微笑む。隣で、節子も微笑んでいた。

「わかった。先に、君たちを家に送って、そのあと節子さんを病院へ送り届けよう。何かあれば、すぐ、警察に連絡を入れるように。くれぐれも自分たちだけで動かないよう」

稲嶺は念を押した。

「わかってます。捜査の邪魔はしません」

竜星の言葉に、稲嶺が深くうなずく。

「竜星、ラフテーとナーベラーチャンプルーは作ってあるから、ごはんを炊いて、二人で食べなさい」

節子が言う。竜星はうなずいた。

7

北谷の別荘のオーナールームには、市島と馬淵が詰めていた。

応接テーブルを挟んで、ソファーに座り、向き合っている。

「おう、そうか。引き続き、サツの動向を見張ってろ」

市島が話していると、割り込み電話が入る。

すぐに切り替える。

「どうした？　あ？　金武道場の連中が、おれらを狩ってるってのか？　ビビってねえで、ぶちのめせ。殺してもかまわん！」

声を荒立て、電話を切る。

市島は、天井を仰いで大きく息を吐いた。

「状況は？」

馬淵が訊く。

「ぐちゃぐちゃです。警察だけでなく、金武も出張ってきて、引っ張られるヤツもいりゃあ、金武たちに潰されるヤツもいて。まったく、余計なことしてくれましたよ」

市島は手に持ったスマホを脇に放った。

「このままだと切り崩されるな。市島、残ってる連中をここに集めろ」

「どうするんですか？」

「ここで戦争だ。バラけてるよりは勝機がある」

馬淵は身を乗り出し、市島を見据えた。

「本気ですか……？」

市島の目尻がひきつる。

「木庭さんがやるといったら、やるんだよ」

目に力がこもる。

市島は息を詰めた。

ドアがノックされた。馬淵が体を起こした。張り詰めた空気が少し和らぐ。

「入れ」

市島が言う。

「失礼します」

ドアが開く。右目尻にタトゥーを入れた男が顔を出した。由良だった。

由良はＳＵＶから逃げ出した後、市島の命令で楢山を刺した者を捕らえに行っていた。

「連れてきました」

由良は右手で襟首をつかんでいる男を部屋に引きずり入れた。

比嘉だ。顔はところどころが腫れていて、唇の端に血の塊がついている。服も破れていて、腕や胸元に擦り傷や打撲の痣がある。

由良も楢山にやられ、仲間二人を警察に持っていかれた負い目がある。汚名返上とばかりに、自分の子飼いを総動員して、比嘉を特定し、女のアパートにいるところを急襲した。

「逃げようとしていたところをとっ捕まえてきました」

市島と馬淵の前に突き出す。

比嘉はよろよろと歩き、両膝を落とした。

市島は上体を倒し、比嘉の顔を凝視した。

「おまえか。楢山を刺しちまったバカは」

「すみません……すみません！」

比嘉は正座し、頭を床にこすりつけた。

「おまえのせいで、戦争しなきゃならなくなった。どうしてくれるんだ？」

頭をひっぱたく。

比嘉はびくっとして、身を固めた。

「市島、やめてやれ」

馬淵は言い、ソファーを降りた。ゆっくり歩み寄って、比嘉の脇に屈む。

「おまえも仕方なかったんだよな。やられそうになったらやり返すのが人間ってもんだ。あの檜山を前にして、やり返すなんざ、たいした根性じゃねえか」

肩に腕を回し、二の腕を握る。

「けど、逃げようとしたってのは、いただけねえなあ」

二の腕を握り絞る。

比嘉は顔を歪めた。

「殺るなら、きっちり殺れよ。てめえの尻をてめえで拭けねえヤツは、どこ行っても通用しねえぞ」

馬淵は比嘉の顔を覗き込む。

そのまま市島に声をかけた。

「おい、道具を貸せ」

右手を伸ばす。

市島はデスクに回り、引き出しの奥から三八口径のリボルバーを取り出した。

銃把を向けて、馬淵の右手に載せる。馬淵は銃把を握り、比嘉の目の前に銃身を突き出した。

比嘉は殺されると思ったのか、蒼白になり、目を見開いた。

「ビビんな。おまえを殺すわけじゃねえ。これで、楢山にとどめを刺してこい」

「えっ？」

思わず、馬淵の顔を見る。

「チャカ弾いたことはあるか？」

「いえ……」

「いいか。この撃鉄を起こしてな」

馬淵は撃鉄を起こした。右腕を上げ、銃口を壁に向ける。

「引き金を引くだけだ」

馬淵が発砲した。反動が比嘉の肩に回した腕にまで伝わる。

銃弾が壁にめり込んだ。

耳をつんざく炸裂音に、比嘉の体が震えた。銃口から煙が立ち上り、ツンと鼻をつく火薬のニオイが漂う。

「ダブルアクションと言ってな。一発撃ちゃあ、その反動で撃鉄が勝手に起き上がる。あとは、続けて引き金を引きゃあいい。簡単だろ？」

馬淵が右の口角を上げた。

「全部で六発。それだけ弾《はじ》きゃあ、一発は当たるだろうよ。いや、当てるよな」

二の腕をバンバンと叩く。

「まさか、当てられねえとか、弾けねえなんて言わねえよな」

叩く力が強くなる。

比嘉は涙を流して、何度もうなずいた。

「さすが、根性者だ。しっかり仕事したら、海外でのんびりさせてやるからよ。漢《おとこ》、見せてくれよな」

トリガーガードに指をかけてくるりと回し、銃身を握って、比嘉の右手に銃把を握らせる。

比嘉は受け取るしかなかった。

「おっと、いけねえ。今、俺が一発撃っちまったから、残りは五発だ。まあ、五発もありゃあ当たるだろ。頼んだぜ、根性者」

馬淵が立ち上がる。

「由良、今回の騒動の一因はおまえにもある。しっかり比嘉を病院まで送り届けろ。ただし、顔は出すな。おまえは目立つからな」

自分の右目尻を指でつつく。

「仕事が終わったら、比嘉を連れていったん戻ってこい。行け」

馬渕が命じる。

由良は首肯し、比嘉の腕をつかんで立たせた。二人に一礼し、比嘉を連れて出て行く。

ドアが閉まる。

馬渕はソファーに戻って仰け反り、脚を組んだ。市島も向かいに座る。

「あいつら、大丈夫ですかね？」

市島がドアの方を見やる。

「ダメだろうな、ありゃあ。典型的な小物だ」

馬渕が笑う。

「でも、檜山を刺しましたよ」

「臆病者だから刺したんだ。度胸も根性も実力もねえ小物ってのは、ビビりすぎて、やりすぎる。元刑事を刺しゃあ、どうなるかなんて考える余裕も持てねえ。だから、信じられねえバカをやるんだ」

「失敗したら、どうするつもりですか？」

「どうもしねえよ。ただ、パニックになって暴れてくれりゃいいだけだ」

「チャカまで持ち出したら、今度こそ、警察がうちを潰してきますよ」

「いいんだよ。ユウジングループは一度終わる。俺らが生きてりゃ、いくらでも兵隊集めてやり直せる。今、俺らが警察相手に喧嘩売ったり、ちゃちゃ入れてきたヤツを元刑事だろうとぶち殺したりしてりゃ、その時、余計な争いしなくてもいいだろうが。元ユウジンを名乗るだけで、事が治まる」

　にやりと口角を上げる。

「力はここで見せつけりゃ十分。あとは金だ。芦田はまだ口割らねえのか？」

　馬淵が訊く。

「死なれちゃ困るんで、リナをつけて、懐柔してるんですがね」

「あのＨＤＤの中の暗号資産は欲しい。芦田はどこにいる？」

「この別荘の二〇二号室に運んでます」

「ここは戦場になる。ＨＤＤと一緒に別の場所に運ぶ」

　馬淵が立ち上がる。

「馬淵さん、ここにいるんじゃないんですか？」

「戻ってくる。それまで、おまえが指揮を執れ」

「おれが、ですか！」

「当たり前だ。沖縄本社はおまえに任せてる。ここじゃあ、おまえが大将だ。大将が部隊を捨てちゃ、士気も上がらんだろうが。無様な戦いをしたり、敵前逃亡しやがったら、俺がおまえを殺らなくちゃいけなくなる」

　市島を睨む。

市島は頬を引きつらせた。

馬淵はゆっくりとドア口に向かって歩く。市島の背後で立ち止まった。

「まあ、しかし。俺と木庭さんが認めた男だ。やってくれると信じてるぞ」

そう言い、市島の肩を叩いて、部屋を出た。ドアが閉まった。

「何が信じてるぞ、だ……」

市島は親指の爪をがりがりと噛んだ。

「丸投げしやがって！」

強く噛みすぎ、親指から血が噴き出した。

「わかったよ……。やってやるよ……。ここ片づけたら、てめえらもな！」

市島はテーブルを蹴り飛ばし、立ち上がった。

8

病院へ到着した節子は、防護服に着替え、ＩＣＵに案内された。

本館の二階にあるＩＣＵには、ベッドが六床ほど並び、医務室や専門看護師などが駐在できるスペースも備えられている。

コロナ禍に対応して、各ベッドはビニールシートに覆われ、感染対策が取られていた。

防護服を着た看護師たちが、各ベッドを渡りながら、作業をしている。

ベッドは満杯だった。が、楢山の姿はない。

ベッドの並びを抜けると、仕切りの奥に大きなガラス窓の個室があった。

「こちらです」

案内した看護師が、ガラスの向こうを指す。

部屋の奥に、ベッドに横たわる楢山の姿があった。

集中治療室の前に置かれたベンチに紗由美がいた。紗由美は体をねじってガラスに張りつき、楢山の様子を見ていた。

本来、部外者が院内にいることは許されないが、県警の計らいで、ICUの外で楢山を見守ることを許されていた。

それだけ、楢山の状態がよくないのだろう、と節子は察した。

歩み寄って、声をかける。

「紗由美ちゃん」

紗由美は節子を見上げた。

「おばあ……」

立ち上がると、子供のようにしがみついてきた。しゃくりあげる嗚咽が聞こえてくる。

節子は背中をポンポンと叩き、そのまま一緒にベンチに座った。

「しんどいね」

節子が優しく言う。

「私……楢さんまでいなくなったら、私……」

言葉にならない。

節子は紗由美をそっと抱きしめた。

「大丈夫。信じましょう、楢山さんの強さを。私もここにいていいことになったの。一緒にいるから」

「うん……うん」

紗由美は顔を押し当てたまま、何度も何度もうなずいた。

節子はガラスの向こうのベッドに寝ている楢山を見つめた。

9

比嘉は病院から少し離れた路地の奥で車を降りた。

右腕にギプスをつけ、三角巾で吊っている。ギプスの中は空洞で、比嘉の右手は銃を握りしめていた。

「仕事が終わったら、ここまで走ってこい。今から十分で事を済ませろ。十分経ったら、オレはここにいないから、一人で逃げて、西崎の公園で待ち合わせる。わかったな」

開けた車窓から比嘉を見上げ、由良が指示をする。

比嘉の顔は緊張のあまり強ばって蒼ざめ、こめかみには脂汗が滲んでいる。

「緊張するな、とは言いてえが、今の顔、しっかり病人に見えるからばっちりだな。一発、決めてこい」

由良は窓を閉じ始めた。

比嘉は車に背を向け、歩きだした。

あまりの緊張状態で、時折、めまいがしてよろける。息も荒い。しかしそれは、由良の言うとおり、本物の病人に映る。

正面玄関が見えた。比嘉は一瞬立ち止まり、ギプスの中の拳銃を握りしめた。

このまま引き返し、逃げる方がいいに決まっている。

だが、ここで逃げだせば、一生市島たちに追われ、逃げ続ける人生になる。

どうして、こんなことになってしまったのか……。

高校を出るまでは普通だった。ヤンキーの友達はいたが、自分は悪の道に踏み込むことなく、大学進学に向けて勉強していた。

つまずきは、大学受験に失敗したことだ。

比嘉の家には余裕がなく、浪人中はアルバイトをせざるを得なかった。

沖縄県の時給は全国平均を下回る。稼ごうと思うと、夜のバイトをするしかなかった。

求人広告を見て、時給が最も高かったキャバクラの従業員に応募した。その店舗がユウジングループの系列店だった。

初めは、店内の掃除やサポートといった普通の仕事ばかりだった。

時間が短いわりに、時給もよく、思った以上に稼げた。

店長や従業員の先輩たちも、ちょっと強面の人も多かったが、比嘉には優しく接してくれた。

ある時、店長に、進学するための金に困っているという話をした。

すると、もっと稼げるバイトがあると勧められた。

甘い話には裏がある。わかってはいたものの、次の年までは精一杯稼ぎたい。

勧めに乗った。

それは、ユウジングループが経営している裏風俗の管理従業員の仕事だった。

管理従業員と聞いて、客や風俗嬢の管理全般かと思ったが、内実は、ぼったくった客からの資金回収と風俗嬢の逃亡を防ぐ監視要員だった。

後から聞いた話だが、ユウジングループの社員は、多くがアルバイトから引き抜かれ、裏に手を染めさせて逃げられなくしたものだったそうだ。

悪だった者はすぐに染まるが、比嘉のように普通に暮らしてきた者にはハードルの高い一歩を踏み出させることになる。

悪ばかり集めればいいのにと思うが、表の対応は、一般社会に近い者にさせた方がいい。ユウジングループは、裏稼業から表の商売に切り替える算段を進めていた。その時に必要不可欠な要員を集める策だという。

不幸にも、いずれ表要員として嵌め込まれた比嘉だったが、給料は沖縄の平均賃金の数倍だった。時には十数倍になることもある。

社員になる前に抜けようと考えていたが、ある客の暴行に加わったことで、抜け道を断たれた。

内地から来た五十代の男性客だったが、金を払い渋ったので、店舗の奥で比嘉も含めた従業員で集団暴行を加え、半殺しにした。

男性客は瀕死の状態でユウジングループの社員に運び出された。

裏口から店を出る時、たしかに男性客の意識はあった。

しかし、その男性客は数日後、沖縄から数キロ南の沖合で遺体となって発見された。

遺体は鮫に食われ、上半身しかなかった。しかも、皮膚はふやけて剝がれ、半分骨が見えていたという。

裸だったこと、海辺にいたという複数の証言があり、遊泳中に流され、鮫に襲われたのではないかということになり、事故扱いで処理された。

比嘉はそのニュースを見て、ぞっとした。

推測でしかないものの、おそらく、ユウジングループの社員が船で沖に出て男性客の遺体を放棄し、証言者もでっち上げたのではないかと思った。

つまり、従っていれば、県内ではつかめないほどの大金を得られるが、逆らえば簡単に鮫の餌にされるということ。それを見せつけられた気がした。

比嘉はその後、社員になるよう半ば強制的に促され、従った。

それから数年、自分の中に込み上げる違和感を抑え込み、裏社会で生きてきた。

その結果が、これだ。

貧乏が悪い。自分のような人間を置き去りにする社会が悪い。生きるために仕方なかった。自分の夢を叶えるためには、どうしようもない選択だった。

いろんな言葉でごまかそうとするものの、その奥で、もう一人の自分がつぶやいた。

地道に生きる道を選んでいれば、こんなことにはならなかったよ、と。

早いうちに、どこかで戻っていれば、戻れなくはなかった。

ずるずると巻かれているうちに、戻れないほどの深みにはまってしまった。

それならば、もう行くところまで行くしかない……。

比嘉は銃を握りしめて震え、正面玄関を潜った。

10

節子の肩でひとしきり泣いた紗由美は、顔を上げた。

そして、じっと楢山を見つめた。

節子はその強い眼差しを見て、微笑み、うなずいた。

紗由美と同じく、楢山の姿を見守っていると、ベッドが並ぶ部屋の方で、何やら治療とは関係のない言葉が聞こえてきた。

「ここは一般患者さんの治療室じゃないですよ」

男性看護師が答えている。

少しして、また聞こえてきた。

「一般患者さんは、ここじゃないって」

男性看護師の口調が少しきつくなる。

節子は気になって、紗由美の肩を叩き、立ち上がった。

「ちょっとおトイレ行ってくるわね」

そう言い、仕切りを回って、ベッドの並ぶ部屋に出た。

ＩＣＵの入口あたりで、右腕を吊った若い男性と看護師が押し問答していた。

「出て行きなさい！」

看護師の声が大きくなる。

他の看護師も気づいて、作業の手を止め、視線を向ける。

「出て行け！」

看護師が若い男性の肩を押した。

瞬間、パンと何かが弾ける音がした。

室内がしんとなった。みな、何が起こったのかわからず、固まった。

若い男性の前にいた看護師が、腹を押さえてうずくまる。ギプスからは煙が出ていた。

近くにいた女性看護師が男性看護師の下に駆け寄った。血が出ているのを見て、叫んだ。

「撃たれた！」

その声に、若い男性は逆上した。

女性看護師を靴の裏で蹴飛ばす。女性看護師は傷ついた男性看護師を抱え、倒れた。

若い男性はギプスを巻いた右腕を上げた。

「楢山はどこだ！」

発砲する。銃弾が天井の照明を一つ砕いた。

室内に小さな悲鳴が湧き、看護師たちが身をすくませた。

「楢山を出せ！」

若い男はカルテ台を蹴り倒し、ビニールシートを乱暴に剝ぎ取りながら、奥へと進む。

節子は若い男を睨みつけた。誰もがその場で身を屈める中、若い男に向かって歩いていく。


と、その脇を誰かが駆け抜けた。

紗由美だった。

「おまえか！　楢さんをやったのは！」

「紗由美ちゃん！」

節子が手を伸ばしたが届かない。

いきなり走ってきた紗由美を目にして、若い男は動揺した。紗由美に向け、発砲する。

的を外した銃弾が、柱にかけたモニターやカルテを置いたテーブルを弾き飛ばす。

紗由美は止まらない。

節子が追いかける。斜め後ろからしか紗由美の顔は見えない。が、その形相は、鬼神のように凄まじい怒りをまとっていた。

これほど激しい紗由美の表情は初めて見た。

「来るな！」

若い男は下がりながら撃った。

その銃弾が紗由美の左胸元に当たった。紗由美は弾かれ、回転した。しかし、踏みとどまり、再び、若い男に突進した。

若い男はガクガク震えながら、引き金を引いた。が、撃鉄がカチカチと音を立てるだけだった。

紗由美は頭を低くし、若い男の腹に頭頂から突っ込んだ。腰に腕を巻き、そのまま若い男を押し込む。

よろけた男は、紗由美を抱いたまま、真後ろに倒れた。倒れた拍子に後頭部を打ちつける。

「離せ！　離せ！」

ギプスを巻いた右腕で、紗由美の背を殴る。しかし、紗由美は離れない。

男性看護師三人が駆け寄ってきた。若い男の手足を押さえ、動けなくする。

「離せー！」

若い男が叫ぶ。

紗由美はむっくりと上体を起こした。目を吊り上げ、若い男を睨む。

「私の大事な人に……何してくれてんのさ！」

右拳を振り上げ、まっすぐ下ろした。

若い男の顔面に、紗由美の拳がめり込んだ。若い男の鼻がひしゃげ、血が噴き出す。

「ぶち殺すよ！」

紗由美は、二度、三度と拳を振り下ろした。

若い男の声が次第に掠れていく。

周りにいた看護師たちは、紗由美の迫力にたじろいでいる。

節子が駆け寄った。紗由美の振り上げた腕をつかむ。

「紗由美ちゃん、もういい」

そう言うと、紗由美は握りしめていた拳を開いた。強く握りすぎて、手のひらに爪の食い込んだ傷ができている。

若い男を睨んでいた紗由美の目がふっと閉じた。脱力する。節子が支えた。

「治療してください！」

節子が声を上げる。

看護師たちがストレッチャーを持ってきて、紗由美を載せた。あわただしく、紗由美を運び出す。

男性看護師三人が、若い男を抱え起こし、立たせた。口周りからはだらだらと血が流れ落ちる。

節子は若い男の前に立った。顔を上げた若い男は、うつろな目を節子に向けた。

節子は若い男をまっすぐ見つめた。

「命を軽んじる人に未来はありませんよ。もっと大切にしなさい。他人の命はもちろん、君自身の命と未来も」

思わぬ節子の言葉に、若い男の目から涙がこぼれた。

看護師からの通報で、待機していた警察官が複数ＩＣＵに入ってきた。若い男の右手首に手錠をかける。

「とりあえず、応急処置をお願いします」

近くの男性看護師に言う。

男性看護師は首肯し、警察官と共に若い男を連れて、ＩＣＵから出て行った。

別の警察官が節子のそばに駆け寄った。

「申し訳ありません。暴漢の侵入を許してしまいました」

深く頭を下げる。

「防ぎきれないこともあります。楢山さんの警護をよろしくお願いします」

節子は言い、紗由美が運ばれた手術室に駆けていった。

11

竜星は素直に家に戻った。出て行く気配もない。勉強道具を持ってリビングに入り、真昌と向かい合わせで勉強を始めていた。

　真昌も採用試験の過去問を見ていたが、気が散って仕方がない。

「おまえ、本当に仕返しに行く気なかったんか？」

　真昌が訊いた。

　竜星は手を止めた。

「本心を言えば、楢さんを刺したヤツを捜し出して、殴りたかったよ。でも、楢さんも母さんもそれは望まない。僕に今できることをする。それが、楢さんを応援することにもなる」

「おまえ、すげえな。オレなら治まらねえ」

「知らなかったんだよ」

「何を？」

「楢さんのことを」

　竜星が真昌を見やる。

「捜そうと思ったんだよ、刺したヤツを。けど、誰に当たって、どう聞き出せば犯人に辿り着くのか、まったくわからなかった。よく考えたら、金武さんのところで稽古している楢さんと、警察時代の楢さんしか知らない。それ以外の顔は知らないんだ」

「そういやあ、オレも知らねえなあ……」

「楢さんのことだけじゃない。母さんのことも、おばあのことも、あの人のことも」

竜星は振り向いて、竜司の遺影を見やった。

「ずっと家族のつもりでいたけど、本当に家族だったのかなあと思ってしまって。だから、僕がわかる範囲で思考すると、楢さんも母さんもおばあも、僕が仕返しに行くことなんて望まないだろうと思って」

「行かないと決めたわけだな？」

「知っているところからもう一度、考えてみたくってさ」

竜星が力なく笑う。

「頭いいってのも考えもんだな」

「成績は関係ないだろ」

「そういう意味じゃない。オレも親のことは知らねえけど、それでいいんじゃないかなあ。親もオレのことは知らないだろうし。でも、一番信頼できる存在だろ？　それ以上、何かいるか？」

真昌がさらりと言う。

その言葉が竜星の胸に刺さる。

そして、気づく。

家族という形に囚われていたのは、実は自分だったのではないか。

周りとは少し違う自分の家の状況を、気にしていないふりをして一番気にかけていたのは、自分だったのではないか。

真昌の言うように、信頼できる関係であれば、それだけでいいはずなのに。

竜星は大きく息をついた。

「どうした？」

「真昌の言うとおりだ。信頼できる存在としてそばにいてくれるだけでよかったんだ」

思いを口にすると、竜星の目からほろりと涙がこぼれた。

真昌は驚いた。

竜星の涙など、小さい頃からただの一度も見たことがない。

「おい、ちょっと……」

意外な反応に戸惑う。

「助かってほしいなあ、楢さん……」

唇を噛む。

「助かるよ。あの人が死ぬわけねえだろ！」

真昌は声を大きくして励ました。

ブーブーと何かが震える音がした。真昌は自分のスマートフォンを見た。着信はない。

「竜星、おまえのスマホじゃないか？」

真昌が言う。

竜星はポケットからスマホを出して、見てみた。着信はなかった。

一度停まったバイブ音がまた聞こえる。仏壇のある部屋からだ。

竜星が音のしたほうを見る。

紗由美のスマートフォンが置かれたままになっていた。

「母さんのだ。忘れていったみたいだな」

「見てみろよ。なんか、急ぎの連絡だったら、伝えてやんないとさ」

真昌が言う。

竜星は少し戸惑ったが、真昌の言うことも確かだ。

スマホを取った。ディスプレイに着信内容が表示される。ショートメッセージでの会社からの連絡のようだった。

タップすると、ロックが解除された。ショートメッセージの受信一覧が表示される。

それを見た途端、竜星の目つきが鋭くなった。

「内間さん……？」

つぶやきを聞き留め、真昌も真顔になる。

「内間さんって、あの内間さんか？」

「母さんと連絡を取ってる」

「会ったことあるのか？」

「いや、聞いてないけど……」

「中、見てみろ」

真昌が言う。

見てはいけないと思いつつ、内間の名前が表示されたメッセージを開いてみた。

指でスクロールして、中身を読む。竜星の目つきがさらに険しさを増す。

「そういうことか……」

「なんなんだ？」

真昌が訊く。

竜星はメッセージ画面を出したまま、真昌に紗由美のスマホを渡した。

真昌はメッセージをざっと流し見た。目が見開く。

「内間さんが、ユウジングループを探っていたのか！」

「みたいだな。たぶん、佳那さんのアパート前で、佳那さんの昔の男と争っていたのは内間さんなんだよ。で、楢さんは内間さんを助けに、ユウジングループのビルに乗り込んだ。

そう考えると、合点がいく」

「内間さんが連中にさらわれたってのか？」

「じゃないかな」

「内間さんがあぶねえってことか」

「楢さんが刺されて、内間さんがいないってのはそういうことだろうな」

竜星は言い、紗由美のスマホを取った。

「どうする？」

「母さんに話を聞こう。で、益尾さんに相談しよう」

「自分で行かないのか？」

「もう、警察も金武さんも動いているなら、僕たちが動けば邪魔になる」

「そうだな」

真昌は首肯し、立ち上がった。

竜星も立ち上がる。

と、竜星のスマホが鳴った。

「もしもし、はい、竜星ですが……えっ！」

竜星の声が強ばった。

「はい……はい」

スマホを握る手が震える。竜星の目尻が徐々に吊り上がっていく。

「わかりました。すぐ、行きます」

竜星が通話を切る。スマホを持つ手がまだ震えている。

「どうしたんだ、竜星。おい！」

「……母さんが撃たれた」

「おばさんが！」

真昌の顔も強ばった。

「今、手術中だそうだ。おばあが付いてる」

「オレたちも行こう！」

真昌が促す。

竜星は自分のスマホをポケットにしまい、紗由美のスマホをつかんだ。

内間のメッセージをタップし、番号を表示して、通話ボタンを押す。

「何やってんだ、竜星！」

真昌が腕をつかむ。

竜星は真昌の腕を振り払って、紗由美のスマホを耳に当てた。

呼び出し音が続く。

電話がつながった。

「内間さんか？」

訊く。電話の向こうから返答はない。

「おまえ、誰だ？　ユウジンのバカ連中の誰かか？」

挑発的な言葉を投げかける。

——なんだ、てめえは？

聞き覚えのない声で乱暴に訊いてくる。

「おまえらが狙ってた安達紗由美の息子、竜星だ」

——ガキが何の用だ？

「おまえらみたいな蛆虫、僕一人で潰してやるから、居所教えろ」

——あ？　寝言こいてんのか？

電話の向こうで笑い声が立つ。

「ビビってんのか？　ユウジングループなんて、たいしたことないな。この通話は録音してる。ネットで流そうか？　ユウジングループという根性なしのバカ集団が、粋がって吠えた挙句に逃げ出したってな」

挑発を繰り返す。

無言だったが、あきらかに電話の向こうで気色ばんでいる空気が伝わってきた。

——来てみろよ、クソガキ……。

「行ってやるから、場所を言え」

竜星の挑発に乗り、相手が場所を指定する。

——一人で来いよ、こら。

「一人で十分だ。おまえら、何人来てもかまわない。全員、潰してやるよ」

竜星は言い、電話を切った。

「おい、竜星。おまえ、何をする気だ！」

真昌が竜星の肩をつかむ。

竜星は振り返りざま、真昌の鳩尾に強烈な右拳を叩き込んだ。

真昌は目を剝いて、息を詰めた。

「竜……星……」

肩を握っていた手から力が抜け、竜星の前半身に顔を押し付けて、ずるずると崩れ落ちる。

「ごめんな、真昌。これはもう、うちの家族の問題だから」

気絶した真昌の体をつかんで、そっと仰向けに寝かせた。

内間の番号を自分のスマホに登録し、紗由美のスマホを真昌の傍らに置く。

上体を起こした竜星の顔は怒りに満ちていた。

竜司の遺影が、戦場に向かわんとする息子を静かに見つめていた。

第六章

1

市島の命令で、北谷の別荘には続々とユウジングループの者たちが集まってきていた。

金武や警察と渡り合っているグループには、まだそのまま戦ったり、逃げ回ったりさせている。

準備が整い次第、そいつらを北谷に向かわせ、金武道場の面々と警察に尾行させ、突入してきたところを一気に攻めるつもりだった。

その準備をしていた矢先、安達紗由美の番号から電話があった。

内間のスマホを手元に置いていた市島が、電話に出た。

息子竜星と名乗る男の舐めた言葉で挑発され、つい、別荘の場所を伝えて、来いと言ってしまった。

これが竜星の罠であれば、予想より早く、警察が出てくることになる。

「クソガキが……」

内間のスマホをいじっていると、電話帳の中に竜星の名を見つけた。

「こいつか？」

番号を表示する。通信履歴はない。ショートメッセージを送った形跡もなかった。

「おい！」

市島はドアの向こうに声をかけた。

ドアが開き、部下が顔を覗かせる。

「なんでしょう」

「内間を連れてこい」

市島が命令すると、部下は首肯して消えた。

数分後、その部下が内間を連れて戻ってきた。

内間は顔が饅頭のように腫れ上がっていた。服はズタズタに裂け、擦り傷、切り傷、打撲痕、出血、痣、血の塊と、体中に暴行の痕が刻まれている。

部下は内間の背中を押した。内間はよろよろと市島の前に歩み出た。

部下が部屋から出てドアを閉める。

市島と二人になる。

「なあ、これなんだけどさ」

竜星の電話番号の画面を見せる。

「これ、安達紗由美の息子の竜星ってヤツの番号か？」

訊く。

内間は返事をしなかった。が、かすかに開いた左眼の奥の黒目が揺れた。

市島はにやりとした。

コールボタンをタップし、スピーカーにして、テーブルに置いた。

呼び出し音が鳴る。

内間は手を伸ばして、スマホを奪おうとした。

「邪魔するな」

市島は座ったまま、右脚を蹴りだした。靴底が内間の顔面にカウンター気味にヒットする。

内間は弾かれ、反対側のソファーに飛んだ。ぐったりともたれる。鼻腔から新たな血が出て、筋を引いた。

三コール鳴って、竜星が電話に出た。

――内間さん？

「内間じゃねえ。市島だ」

ソファーに仰け反り、スマホを睨みつける。

「内間もいるぞ。おい、なんかしゃべってみろ」

内間を見やる。

内間は口を開かない。

「おいおい、ダンマリはねえだろ」

市島が立ち上がった。

ゆっくりとテーブルを回り込み、内間の背後に回る。

「ほら、なんか言ってみろ」

頭頂を拳で殴る。ゴッと骨を打つ音がする。それでも内間は音すら漏らさない。

「たいしたもんだ」

市島はポケットに手を入れた。

「これならどうだ?」

手を出す。ライターを握っていた。

市島は火を灯し、内間の髪の毛に火をつけた。

予想外の行為に、内間は思わず、短い悲鳴を放った。ソファーから転げ落ち、両手であわてて火を叩き消す。

テーブル周りに散らばったものの上を転げまわり、テーブルに足が当たり、音が立つ。

――何をした！

「頭が燃えてるぞー」

そう言い、ケタケタと笑う。

「早く来ねえと、丸焼けにしちまうぞ」

市島が煽る。

内間が叫んだ。

「来るな、竜星！」

「うるせえな」

市島は内間の顔面を蹴り上げた。血がしぶいて、フロアに飛び散る。

仰向けになった内間の目は朦朧とし、揺れた。

「サツに垂れ込むんじゃねえぞ。金武たちにもだ。一人で来い」

市島が一方的に電話を切る。

「てめえ……ぶち殺してやる」

内間がうなる。

「まあ、焦るな。おまえと竜星をまとめて、おれが殺してやるから」

市島は内間の顔を踏んだ。

「竜星を殺す？　笑わせるな。あいつは鬼ほど強えぞ」

「そうかい。楽しみだ。悪いが、おれも鬼ほど強いんでな。ヤツが来るまで寝とけ」

市島は内間の顔面を蹴った。

一瞬で、内間の意識が飛んだ。

「おい！」

再び、ドアの向こうに呼び掛ける。

部下が入ってきた。

「こいつを壁に磔にしろ。入間をここに呼んで来い。それと、今から安達竜星というガキがここへ来る。別荘まで入れて、戦え。人数をかけてもかまわん」

「なんですか、そのガキ？」

「鬼のように強えんだと。どんなもんか見てやろうじゃねえか」

「ほんとに来るんですかね？」

「さあな。来たら、息の根は止めるな。最後はおれが殺るからよ。虫の息になっても引きずって、ここへ連れてこい。おれに生意気な口を利いた報いだ」

「わかりました」

部下は片笑みを滲ませ出て行く。

「楽しませてもらおうじゃねえか」

市島はスマホを見据えた。

2

別荘の裏口から連れ出された芦田とリナは、馬淵が運転するミニバンで沖縄自動車道を南下していた。

後部座席に並んで座っている芦田とリナは、お互いの手を固く握り合っていた。

「お二人が無事でよかった。特に、芦田さんが生きててよかったです」

馬淵が運転席から話しかける。

「あなたは誰なんですか？」

芦田が訊いた。

閉じ込められた部屋に、馬淵が突然現われた。名を名乗り、二人を助けたいと言い、裏口から脱出することを提案された。

芦田とリナは、わけがわからないものの、逃げられるのは今しかないと思い、馬淵に従った。

しかし、別荘から離れ、沖縄自動車道に乗ったあたりから、急に不安になった。

そして、意を決して訊いてみた。

馬淵は、バックミラーを覗き、笑顔を作った。

「僕は、ユウジングループの従業員です。リナさんの担当になったことはありませんが、知ってはいました」

話しながら、真顔になる。

「うちの会社がどんなことをしているのかも知っていました。初めは、普通のキャバクラのアルバイトだと思っていたのですが、裏の仕事に回されてからは、毎日重い気分でした……」

殊勝な顔を作って、好青年を気取る。

「でも、逃げるわけにいかず、仕方なく言われるがまま働いてたんですけど、芦田さんたちの監禁はさすがにひどすぎると思って。ちょうど、僕がドア番になったんで、お二人を逃がそうと思って……」

「そうだったの……」

リナが目を細める。

「こんなことで、今まで僕がしてきたことが許されるとは思わないんですが、一つでも何かをしたという事実がほしくて」

「あなたはどうなるんですか？」

芦田が訊く。

「僕は……とにかく、ユウジンの人たちに見つからないよう、逃げて回ります。なんとか生きていけると思います」

力ない笑みを覗かせる。

「あ、そうだ」

馬淵は運転しながら内ポケットに手を入れた。何かを取り出し、コンソールに置く。

「これ、芦田さんたちの大事なものだったんじゃないですか？」

馬淵が置いたのは、ＨＤＤだった。

芦田が目を見開く。

「そうだと思って、持ってきたんですけど、違いましたか？」

馬淵がバックミラーを覗く。

「これ、どこから？」

「市島さんが、これのせいで芦田さんたちを殺せないと話していたんで、ひょっとして、大事なものなのかなあと思いまして、お二人を助ける前にちょいと盗み出してきました」

馬淵が笑う。

「危ない真似を……。しかし、ありがとう」

芦田は手を伸ばして、ＨＤＤを取った。

「壊れてないですかね？」

「大丈夫だと思う」

「よかった。どちらに送りますか？　僕はこのままお二人で島を出たほうがいいと思ってるんですけど」

「金がないんだ。荷物も置いたままだし、一度、僕の借りているマンションに戻りたい」

「わかりました。けど、周りの人たちには連絡しない方がいいですよ。もう、お二人が逃げ出したことに気づいているでしょうから、下手に関われば、その人たちにも危険が及びます。警察も個人一人一人は守れませんから。安全なところに身を隠すまでは、秘密裏に動いてください」

「わかった。ありがとう」

芦田は礼を口にした。

「マンションはどちらです？」

「おもろまち駅の近くなんだ。そのあたりに来たら教えるよ」

「了解です」

馬渕は笑顔で首肯し、そのまま車を走らせた。

芦田はようやく安堵した。とたん、強烈な眠気が襲ってきた。

「少し寝ていいかな？」

「どうぞ」

馬渕が言う。

芦田はリナの肩に頭を預けると、そのまま深い眠りに落ちた。

馬淵はバックミラーに映る芦田の姿を見やり、右の口角を上げた。

3

入間は、市島の部下に連れられ、部屋の前までやってきた。

用件は知らされていない。

別荘内の空気が殺気立っているのも感じる。

今すぐにでも逃げ出したいが、逃げ果《おお》せる自信はなかった。

部下がノックをした。

「入間を連れてきました」

「入れ」

市島の声がする。

部下に促され、入間は背をすぼめ、顔をうつむけて中へ入った。

顔を上げる。

途端、両眼を見開いた。

「内間……」

内間は長テーブルの天板に磔にされていた。

立てた天板は四隅に鉄筋を打たれ、壁に固定されている。

「おまえがさっさとこいつらの動きを聞き出さねえから、内間さんがこんなことになっちまった」

市島が笑う。

入間は顔を伏せ、奥歯を噛んだ。両拳を握って、震える。

「あー、そうだ。内間さんには話してなかったですね。内間さんと安達紗由美って女がうちを探ってたから、内容を聞き出すために入間を近づけたんですよ、おれが」

市島はにやにやしながら暴露した。

「ほんと……ですか」

内間は塞がった左眼をこじ開け、入間を見やった。

入間は顔を上げない。

「けど、ほんとに役に立たないヤツでねえ。何一つ聞き出せないまま、内間さんに逃げられて、おまけに騒ぎ起こされて、警察が出てくる事態を作っちまった。内間さんが出て行った後、こいつ、何と言ってたか知ってます？　必ず、口を割らせる。あいつは俺を信頼してるから大丈夫だって。こんなヤツ、内間さんが信頼しているわけないですよねえ」

「やめろ……」

入間が震えた声で言う。

「こいつ、金を全部投資に突っ込んで、一文無しになって、野良犬みてえに残飯あさってたんですよ。そこを、おれらが拾ってやったというわけです。この別荘もうちで用意したもんです。今のこいつは、靴の一足も買えねえほど、落ちぶれてるんですよ。千円札で足も舐めるような――」

「やめてくれ！」

入間が顔を上げて怒鳴った。

「あ？」

市島がテーブルを蹴る。

その音に、入間はびくっと肩をすくませた。

「本当のことを内間さんに教えてやってんだ。黙ってろ」

市島が入間を睨む。入間はまた顔を伏せようとする。

「入間さん……」

内間が声を絞り出した。

市島と入間が内間に顔を向ける。

「情けねえとは思わないですよ。人間、落ちぶれた時は、心も折れるもんです」

「内間……」

「あの巌さんですら、一時期はヤクザの小間使いをしてたくらいですから……」

「渡久地がか」

入間が驚いて目を開く。

内間は少し笑みを覗かせて、うなずき、話を続ける。

「けど、巌さん、きっちりケジメつけて、今、務めてます。で、ムショで毎日本読んで、やり直そうとしてます。昔みたいに派手じゃねえけど、しっかりと歩きだそうとしてる巌さん、カッコいいですよ」

内間は目を力いっぱい見開いた。

「入間さんもくすぶってる人じゃねえ。オレは知ってますから。巌さんと肩を張るくらい強かった、あの頃の入間さんを。オレはその入間さんを信じてます」

内間が目いっぱい笑みを見せた。

と、市島が大笑いして、立ち上がった。

「いやあ、素晴らしい。感動的な師弟愛ですねえ」

内間を見て拍手をしながら、入間に近づく。

「おれもそういう映画好きですよ。それで奮起して敵を倒す、みたいな。でも、残念だけど、映画じゃないんですよ、これは」

入間の横で立ち止まった市島は、唐突に入間の腹部に右アッパーを叩き込んだ。

入間の腰が折れた。腹を押さえ、唾液を吐きだして咳き込む。

「昔、どんなヤツだったか知らないですけどね。今じゃあ、張りぼてのサンドバッグですよ、こいつは」

市島は入間の髪の毛をつかんで、体を起こさせ、再びボディーアッパーを叩き込む。

入間はよろよろと後退し、尻から落ちた。

「時代が変わりゃあ、強えヤツも変わる。暴力が効かなくなった時に必要なのは地位と金だが、こいつは地位も金も持ってねえ。地位も金も力もねえおっさんは、力ある者の犬になるしか生きていけねえ。そうだよなあ、入間」

蹴り倒し、踏みつける。

入間は横になって丸まり、ただただ市島の靴底を受け止めるだけだ。

「やり返してみろや、入間！」

踏みつけ、蹴り回す。

内間は怒りに震えた。目を見開き、怒鳴る。

「たっ殺《くる》すぞ、市島！」

「はあ？」

市島が暴行をやめ、振り向く。

口角は上がっているが、目は笑っていない。細い両眼の尻は吊り上がっていた。

「たっくるすって、なんだよ？　島言葉は拍子抜けするなあ」

内間に近づく。

「ほら、たっくるしてみろよ」

市島は内間の頬に平手打ちをした。乾いた音が弾ける。

内間の顔がぐらつく。

「ほらほら、たっくるしてくれるんじゃねえの？」

二発、三発と平手打ちをして笑う。

内間は睨むが、意識は朦朧としていて、時折、首が大きく傾く。

「このままビンタで、内間さんがたっくるされるかもしれないですねえ」

さらに平手打ちを浴びせる。

肌を打つ音が、内間の血で湿り気を帯びる。

「オレは……」

内間が口を開いた。

市島が手を止める。

「殺されても、おまえなんか認めねえ。かっこ悪いからよ」

片笑みを浮かべ、口に溜まった血を吐き出す。市島の頬に、血と折れた歯が飛ぶ。

市島は束ねた指で、血を拭った。顔から笑みが消えた。

「わかった。望み通り、殴り殺してやる。時間かけてな」

市島が拳を握った。

その時、背後から脇腹を蹴られた。市島は身を捩《ねじ》って、内間から離れた。振り返る。

入間が市島を見据えていた。

「はあ……やっちまった」

入間は頭を掻いた。

「内間。おまえの言うとおりだよ。かっこ悪いな」

両手で髪を撫でつけた。顔を上げ、市島を睨む。

「こんなかっこ悪いガキに飼われてる俺は、もっとかっこ悪い」

「おいおい、熱くなっちまったのか、おっさん。死ぬぞ？　おまえ殺ったあとに、内間も殺すぞ？」

「おい、内間！　かまわねえな！」

入間が声を張った。

「当たり前です」

内間は笑みを浮かべた。

「久しぶりに本気出すか」

入間は大きく息を吐いて、拳を固めた。

4

マンションに戻った芦田は、服を着替え、バッグに必要な荷物を詰め込んでいた。

リナも手伝う。

「やっと、二人でいられるね」

リナは芦田に満面の笑みを向けた。

「まだ、気を抜いちゃダメだ。ここから出るまでは」

「どこに行くの？」

「東京に戻る。下手に地方都市へ行くより、人が多いところにまぎれたほうが見つかりにくい」

「木は森に隠せ、ね」

「そういうこと。リナちゃんも僕のジーンズとシャツに着替えて。ちょっと大きいけど、東京に戻ったら服買ってあげるから」

芦田が言うと、リナはクローゼットから服を選び、ベッドに放った。

汚れた自分の服を脱いで、下着姿になる。

見事なボディーに芦田は一瞬見惚れる。が、顔を振って、作業に戻る。

「芦田さん、ＨＤＤ壊れてないか、確かめた方がいいんじゃない？」

「どうして？」

「その中、暗号資産が入ってるんでしょう？　壊れてたら、大損じゃない」

リナがさらりと言う。

芦田が手を止めた。

「なぜ、それを知ってるんだ？」

リナを見る。

リナの目尻が一瞬ひきつった。動揺を隠すようにシャツを被って、顔を隠す。

「いや、その……市島さんたちが話しているのをちらっと聞いたことがあって、そうじゃないかなと思って……」

なかなか顔を出さない。

リナはゆっくりとシャツの襟から顔を出した。すると、目の前に芦田が立っていた。

リナはぎょっとした。

「どういうことなんだ？」

芦田はリナの肩を握って揺さぶる。

「……放して！」

リナは体を揺すって、芦田の手を払った。

芦田を見つめる。ぼろっと大粒の涙がこぼれた。

「ごめんなさい！」

芦田を押しのけ、玄関に走る。

「待って！」

芦田は追いかけた。

リナは芦田を振り切ろうとリビングのドアを閉じた。芦田が一足遅れる。ドアを開けると、リナは靴も履かず、玄関ドアを押し開けた。

瞬間、鈍い音がし、リナの動きが止まった。

「リナちゃん！」

リナがその場に崩れ落ちそうになる。

リナの前には黒い影があった。馬渕だ。馬渕はリナの髪の毛をつかんだ。

「何がありました？」

芦田を見据え、土足のまま入ってくる。

リナは馬渕に引きずられていた。

「リナちゃんを離せ！」

芦田は後退しながら叫ぶ。

「逃げ出したってことは、パスフレーズを聞き出せなかったってことだな。ほんと、役に立たねえなあ、沖縄のチームは」

「なぜ、パスフレーズのことを知ってる？」

「なぜって？　そりゃあ、おまえ」

馬淵がにやりとする。

「ハードディスクを奪ったのは俺だからよ」

「なんだって！　じゃあ、社長を殺したのも……」

「ありゃ、事故だ。パスフレーズ吐かせようとして、爪剝いでたら、ショックで死んじまった。さっさと吐いときゃ、死なずに済んだのによ」

にやにや顔を崩さない。

「おまえ……」

芦田は怒りと恐怖に震えた。

「ついでだから、教えといてやる。こいつにもよ。助かりたかったら、おまえからパスフレーズを聞き出せと言ったんだ。おまえ、ハードディスクを開くように言われたろ。ありゃ、俺の指示だ。この女、自分が助かりたい一心で、おまえを売ることにしたんだ」

「違う！　パスフレーズを聞き出して、ＨＤＤを渡せば、私と芦田さんは解放するって言ったじゃない！」

「そんな約束、した覚えはねえなあ」

言って、顔面に膝蹴りを入れる。

リナの鼻梁が大きく曲がった。

「おー、すまんすまん。おまえ、整形してるんだったな。鼻に入れたの、壊れちまったかもしれねえなあ」

馬淵が笑う。

芦田は、馬淵を睨んだ。

「やめてくれ。目的は、暗号資産の入ったハードディスクだろう？　くれてやるから、リナちゃんを離してくれ」

「パスフレーズもなきゃ、意味ねえだろ」

「教えてやる。自分の手で開いてみろ」

芦田はリビングに入った。

馬淵はリナを引きずって、リビングに入った。

テーブルにノートパソコンを置いて、ＨＤＤをコードでつなぐ。パスフレーズ画面を出して、席を離れる。

「ほら、入れろ」

馬淵に座るよう促す。

馬淵はリナを引きずり倒した。椅子に座り、喉元を踏む。リナは苦しそうに馬淵の靴を掻き毟る。

「開けなかったら、女の喉を踏み潰す」

「わかってる。嘘は言わん」

芦田は馬渕を見下ろした。

馬渕はキーボードに指を置いた。

「パスフレーズは？」

「Be ambitious.　大志を抱け、だ」

「大志を抱けか。ご立派だな、エリートさんらはよ。綴りは？」

「Bは大文字。そこからは小文字でe、そのあとスペースを入れて、a、m――」

馬渕の指元を確かめながら、綴りを伝える。

「最後にピリオド。それで、リターンキーを叩いてみろ」

「間違いねえだろうな」

「叩いてみろ」

芦田が促す。

馬渕は恐る恐る、リターンキーを叩いた。パスフレーズ画面が消え、少しの間、暗くなる。そして間もなく、フォルダー画面が出てきた。

会社の資料や人事データの他に、ＢＴＣというフォルダーがある。クリックして開いてみると、数字の羅列がずらっと出てきた。

「こりゃ、ビットコインか」

「そうだ。五百はある」

「五百！　今、下がったとはいえ、五百×二百万で……十億もあるじゃねえか！」

馬淵が身を乗り出して、モニターを覗き込む。

芦田はポケットに手を入れた。ペーパーナイフを取り出す。ＨＤＤをセットした時、ひそかにバッグの中から抜き出していたものだ。

逆手に握りしめ、右腕を真横に引いた。首元を狙って、振る。

モニターに芦田の影が映る。

馬淵が振り向こうとした。芦田は少し仰け反った。首筋に向かっていた切っ先が少し上がる。

切っ先は馬淵の右目を抉った。

馬淵は短い悲鳴を上げた。

芦田はそのまま馬淵を押し込み、椅子ごと倒した。足が浮き、リナがテーブルの下から抜け出す。

馬淵と共に倒れ込んだ芦田は、ナイフを引き抜き、振り上げた。

馬淵はとっさに右腕を振り上げた。裏拳が芦田の頬を抉る。芦田が吹っ飛んだ。テーブルに背中が当たる。

テーブルがひっくり返り、ノートパソコンとハードディスクも床に転がった。

「リナちゃん、逃げて！」

「ダメ、芦田さん！」

「逃げて！」

芦田は立ち上がると、ペーパーナイフを構えた。

「クソが……」

馬淵が右目を押さえてふらりと立ち上がる。指の間から、血があふれる。

芦田は腰を落として、右手に握ったペーパーナイフの底に左手を添え、馬淵に突っ込んだ。

馬淵の鳩尾あたりにナイフが刺さった。そのまま押し込んで、ベッドに倒れる。芦田の重みで、さらに深くペーパーナイフが刺さった。

馬淵が目を見開いた。震える右手の拳を固め、殴りつける。芦田が真横に倒れた。

馬淵は咳き込み、血を吐き出した。

「ぶち殺してやる……」

ペーパーナイフを引き抜く。そして、芦田の上に馬乗りになった。

芦田は暴れた。が、体重をかけた馬淵の体を振り下ろせない。

馬淵は逆手に持ったペーパーナイフを振り、芦田の頸動脈に突き刺した。

芦田の両眼がカッと開いた。

ペーパーナイフを引き抜くと、芦田の首から血が噴き出した。

馬淵が再び、腕を振り上げる。

「やめてーーーー！」

リナの叫び声と共に、馬淵の後頭部に衝撃が走った。

リナがデスクトップのモニターで馬淵の頭を殴りつけた。壊れたプラスチックの破片がベッドの上に四散する。

前のめりに突っ伏した馬淵の頭を二度、三度とモニターで殴る。モニターは完全に砕け散り、形がなくなった。

リナは尖ったプラスチック片を握った。首の後ろに突き刺す。馬淵は仰け反り、目を剝いた。

そして、ぐったりとベッドに突っ伏した。シーツがみるみる赤く染まっていく。

リナの手も切れていた。しかし、自分の傷は構わず、馬淵の体を押しのけた。

「芦田さん！」

リナは芦田を抱き上げた。上半身を太腿に載せ、枕を取って、首筋に当てる。噴き出す血を枕が吸い込んでいく。

「芦田さん、しっかり！　すぐ、救急車を――」

ベッドから降りようとする。

芦田はリナの腕をつかんだ。引き倒し、抱きしめる。

「リナちゃん。ありがとう。もっと違う形で会えていたら……」

「芦田さん！　一緒に生きるんでしょ？　私と一緒に生きてくれるんでしょ！」

「このまま温もりを……。あのお金で、大志を抱いて……生きて……」

リナの体に巻いた腕から力が抜ける。

リナは芦田を抱いて泣き叫び、声をかけ続けた。

5

病院が見える場所で監視をしていた由良は、パトカーが数台、病院へ来たのを見て、現場を離れた。

比嘉から連絡がないところをみると、楢山襲撃は失敗したようだ。

市島に電話をしたが、出ない。馬淵にも連絡を入れたが、出る気配がない。

由良は切り捨てられたと思い、松山に戻った。自社ビルに戻って、金を取って逃げるつもりだった。

車を近くの駐車場に停めて、顔を隠すように伏せ、ユウジングループのビルへ近づいていく。

が、人だかりに気づいて、足を止めた。

自社ビルに近いところだ。

由良は人混みにまぎれて、野次馬が見つめる先に目を向けた。

思わず、口を開け、目を見開いた。

ビルが燃えていた。

四台の消防車が放水をしている。現場周辺にはバリケードテープが張られ、警察官が整理を行なっている。

ヤバいな……。

由良はそっと人混みを離れた。走り出したい気持ちを押さえ、足早に駐車場へ急ぐ。

顔をうつむけたまま歩いていると、前にふっと人影が現われ、ぶつかった。

「すみません」

伏せたまま言い、行き過ぎようとする。

が、人影は由良が避けたほうについてきて、行く手を塞ぐ。

「おまえ、由良か？」

人影が言う。

由良は身を固くした。

「やっぱりか。関係先に顔を出すだろうと思って張っていたが、本当に戻ってくるとはな」

人影が由良の肩に手をかけた。

瞬間、由良は人影に肩から突っ込んだ。人影を押しのけ、走り出そうとする。

が、人影はスッと右脚を引いて体を開いた。

勢い、由良の体が前のめりになる。そこに、強烈な膝蹴りが飛んできた。

内臓ごと抉られそうな衝撃に、由良は目を剝いて首を突き出し、胃液を吐きだした。両膝ががくっと落ちる。

人影は背後に回り、由良の後頭部に回し蹴りを入れた。

つんのめった由良は顔からアスファルトに落ちた。歯が折れ、鮮血と共に口から飛び出す。

人影は由良の右腕を後ろに回し、脇の下に足を差し込んで肩の裏を踏みつけた。

由良はもがこうとしたが、動けない。

人影はスマートフォンを取り出し、メッセージを送った。

松山近辺でユウジングループの連中を狩っていた安座間と与那城が、ショートメッセージを見て、駆け付けた。

路上でうつぶせに倒された男が、島袋に踏みつけられている。

「よく見つけたな」

安座間が島袋に声をかけた。

「悪は、自分になじみのある所に現われる。ビルの火災は知らされてなかったようだな」

島袋は由良を見下ろした。

与那城が由良の顔の脇に屈み、由良の髪を撫で上げる。

「おーおー、立派な墨入れてんじゃねえか。いっちょまえに。けど、こんなものを目尻に入れてりゃ、目立って仕方ねえな。今度はもう少ししっかり考えて、墨入れることだ」

ぺしっと頭を平手で叩いた。

「金武さんと照屋もこっちへ向かっているそうだ」

安座間が言う。

「さて、どうするかなあ、こいつ」

与那城が由良の顔を覗き込む。由良はすっかり戦意を失った蒼い顔をしていた。

島袋のスマホが鳴った。

画面を見る。真昌からだった。電話に出る。

「おう、真昌。どうした？　ああ……あ？　なんだと！」

島袋の声が張り詰める。

少し、真昌からの話を聞き、スマホを持ったままうなずく。

「わかった、すぐデータを送れ。金武さんには伝えておく。おまえはそこで待機してろ」

言い、電話を切る。

「どうした？」

与那城が島袋を見上げた。

「紗由美さんが撃たれた」

島袋の言葉に、安座間と与那城の表情が険しくなった。

「こいつと争っていたのは、内間らしい。内間はこいつらにどこかへ連れて行かれたみたいだな」

島袋が肩を踏みつけ、腕を捩じ上げる。

由良の顔が歪む。

与那城は由良の髪の毛をつかんだ。由良は威圧され、目尻が震えた。

「で、竜星が内間のスマホに連絡をすると、ユウジンの誰かが出て、竜星は挑発したそうだ。それで、相手は竜星を呼びつけた」

「竜星は敵陣に向かっているということか？」

安座間が島袋に近づく。

「竜星が置いていった紗由美さんのスマホに、会話が録音されていた。北谷に向かったらしい」

島袋が言う。

「こいつには、いろいろ訊かなきゃならねえな」

与那城は髪の毛が抜けそうなほど強く引っ張った。

由良の口から呻きがこぼれた。

「俺と安座間は北谷に向かう。与那城、こいつを道場に連れて行って、吐かせてくれ。金武さんたちにも連絡を。こっちは二人でいいから、金武さんは楢山さんの病院へ、照屋は道場でおまえと一緒に由良の聴取を、と」

「わかった」

「頼んだぞ」

島袋は由良を与那城に預け、安座間と共に国道へ走り、タクシーを捕まえた。

6

益尾は県警から芦田の情報を聞き、芦田のマンションへ向かった。

到着すると、すでに所轄署の刑事と鑑識係が現場検証を進めていた。

馬淵は死亡していた。芦田は瀕死の状態で病院に運ばれたが、意識不明の重体だ。

現場に残されたＨＤＤが、オプテクから盗まれたものであることが確認された。

リナの証言で、森本を殺したのが馬淵であることもわかった。

益尾は直属の上司である菅原に連絡を入れ、ユウジングループ代表の木庭武の身柄を確保するよう、要請した。

リナは他に気になる話をした。

リナたちが軟禁されていた北谷の別荘には、他に監禁されていた者がいるらしいということだ。

益尾は、紗由美の後を追った内間のことを知っている。内間から連絡はない。

佳那の家の前で争ったのは、内間ではないかと睨んでいた。

益尾は他の捜査員と共に、馬淵のスマートフォン解析で判明した北谷の別荘へ向かった。

7

入間は肩で息を継いでいた。顔は右半分が腫れ上がり、口からは血が流れている。

ワイシャツのボタンは飛び、血にまみれている。腕や胸板、腹には激しい打撃を受け、無数の痣ができていた。

　スラックスも右脚の裾はぼろぼろに破れていた。

　かたや、市島は涼しい顔をしていた。息も切らさず、軽快なステップを踏んでいる。

　こんなに強えのか、こいつ……。

　目をこじ開け、二人の戦いを見ていた内間は、市島の強さに寒気を覚えた。

　市島の攻撃は、機械のように正確だった。

　剛力という感じではなく、しなやかさとスピードで相手を翻弄するタイプ。竜星の戦い方と似ている。

　市島の特徴は、人並み外れて体が柔らかいところだ。ゆえに、体全体が鞭のようにしなり、それが打撃に威力を与える。

　柔軟性が高いからか、攻撃も変幻自在で、ローキックと思った蹴りが軌道を瞬時に変え、ハイキックになる。反対もまたしかり。避けることが難しい。

　また、防御にしても、普通の者なら当たっている攻撃も届かないほどスウェーしたり、当たっても力を流されたりして、ダメージを与えられない。

　入間は弱くなかった。あの頃に見た、巌とも張り合えそうな気迫と動きで、市島を攻めていた。

　しかし、ことごとく攻撃はかわされ、相手の攻撃を喰らっている。

それだけ、市島が強いということだ。口だけではなかった。

入間は満身創痍だった。が、まだ目は死んでいなかった。

「もう終わりか、おっさん？」

市島が片笑みを見せる。

「ふざけるな！」

入間が間合いを詰め、右ストレートを繰り出す。

「だるいなあ。倒れろよ」

市島は上体を左に傾けた。

入間の拳の軌道から、市島の顔が消える。同時に、右脚が振り上がり、入間の左顔面を狙った。

入間はとっさに左腕を立てた。二の腕で脛を受け止める。しかし、バランスを崩し、真横に吹っ飛んだ。

壁に激突し、跳ね返って、片膝を落とす。

そこに顎を狙った蹴りが飛んでくる。入間は顔を逸らし、かろうじて避けた。

その目に市島の笑みが映る。

しまった！

体を横に倒そうとする。が、背筋も反ってしまい、上半身が一瞬膠着《こうちゃく》した。

「終わりだ」

市島は振り上げた脚を入間の真上に落とした。

踵が頭頂にめり込む。鈍い音がした。

市島は脚を上げ、静かに戻した。割れた頭から噴き出した血が、溶岩のように顔を流れていく。

入間の上半身がぐらりと前に傾いた。そのまま顔から突っ伏し、動かなくなった。

「入間さん！」

内間が叫んだ。しかし、その声に反応を見せることはなかった。

市島は軽く息をつき、マッシュルーム頭の髪の毛を指櫛で整えた。

「まあ、おっさんにしては根性あったよね。もっと早く根性見せてたら、こんなみじめな負け方しなかったのに。そう思いませんか、内間さん？」

市島は振り向き、にやりとした。

「お望みなら、内間さんも相手にして差し上げますよ。ちょっと運動が足りないので」

「やってやるから、拘束を外せ」

内間は目いっぱい睨んだ。

「あはは、嘘ですよ。内間さんじゃ、五秒ももたない。竜星ってガキが来るまで――」

話していると、ノックがした。部下が入ってくる。

「市島さん。ガキが来ましたよ」

「ほんとに来たのか。仲間は？」

「一人です」

「ほお、なかなか度胸あるじゃねえか。ここの玄関を入るまでは手を出すな。玄関のドアを閉めたところからスタートだ」

「こいつはどうします？」

突っ伏した入間を目で指す。

「ほっとけ。動けやしねえ」

「わかりました」

部下が部屋から出て行く。

市島はソファーに座り、脚を組んだ。

「おもしれえガキですね、内間さん。自信家なのか、勘違い野郎なのか」

「どっちでもねえ。おまえらにとっちゃ、死神だ」

「それはそれは。楽しみに待ってましょう。まあ、ここへたどり着くこともないでしょうけど」

市島は笑い、部屋を出た。

8

別荘に着いた竜星は、迷わず正面門を突っ切り、玄関へ向かった。

庭や植え込みの陰から殺気を帯びた視線が刺さる。が、竜星の怒気がそれを跳ね返していた。

建物だけを見据え、フェニックスが真ん中に立つロータリーを回り込む。

玄関前に立つ。大きな観音開きの扉は開いている。

そこからさらなる殺気が漂ってくる。

竜星は惑うことなく、エントランスに入った。

待っていたように、扉が閉まった。

それを合図に、左右の廊下から男たちがぞろぞろと出てきた。手には、短刀や長刀、鉄パイプ、金属バット、チェーンと、あらゆる武器が握られている。

半円形に延びる二階への階段にも、男たちが現われた。素手の者もいるが、銃を握っている者もいる。

二階の廊下の中央にマッシュルームカットのひょろりとした男が現われた。

竜星は見上げた。

「安達竜星か！」

男の声がエントランスに響き渡る。

「市島か！」

竜星が返した。

「そうだ。内間はこの奥にいる」

市島は背後の廊下の先を指さした。

「おれはこの奥の部屋で、おまえを待ってる。内間を助けたけりゃ、こいつら全員倒して、おれのところへ来い。ぐずぐずしてたら、内間を殺っちまうからな」

にやりと笑う。

「ぶちのめせ！」

市島が号令を放つ。

男たちが一斉に動き出した。

右手から鉄パイプを振り上げた男が迫ってきた。竜星は左脚を踏み込み、右の足刀蹴りを放った。

喉に竜星の右足外側がめり込んだ。男が後方に吹っ飛ぶ。

左からバットを持った男が、竜星の頭を狙った。竜星は右脚を戻し、しゃがんだ。バットが頭上で空を切る。

前方に飛び転がる。立ち上がりざま、短刀を構えた男が突っ込んできた。

左脚を引いて、半身になる。短刀を持った男が体の前を過ぎようとする。そこに、右肘をくらわす。

カウンター気味の肘を顔面にもらった男は、その場で半回転し、足元に落ちた。短刀が転がる。

竜星はそれを拾い、右側に固まっている男たちに投げつけた。男たちは一瞬怯み、しゃがんだり、仰け反ったりする。

そこに素早くにじり寄った竜星は、拳と蹴りを繰り出した。

思わぬ攻撃に、三人、四人と竜星の一撃を喰らい、倒れていく。

左側から、男たちが迫る。

竜星は転がった金属バットを拾い、地面から三十センチくらいの高さで真横に振り、投げた。

回転するバットが手前の男の脛に当たった。男の足が止まり、顔をしかめてダイブする。

後方から走って来た男も、その男に引っ掛かり、前のめりに倒れる。

竜星は飛び上がり、左右の足で、二人の背中を踏みつけた。男たちは同時に仰け反り、目を剝いた。

正面に長刀を振りかぶった男が立っていた。竜星をめがけて、振り下ろす。

竜星は右横に飛んだ。姿勢を低くし、転がる。

的を失った長刀が、仲間の背中を切り裂いた。悲鳴と血飛沫が上がる。

しかし、男は仲間を斬ってもかまわず、竜星に迫ってきた。

背後からも、長刀を持った男が迫る。左右も鉄パイプを持った男に挟まれた。

とっさに力量を判断する。右側の男が弱いと見た。

そいつに向かって、突進する。

狙われた男が一瞬怯む。竜星はスッと屈み、右脚を伸ばして回し、男の足を払った。

男の体が浮き上がり、宙でくの字に折れ、フロアに落ちた。尾てい骨をしたたかに打ちつけ、もんどり打つ。

手元から鉄パイプが転がった。拾う。

長刀を持っている男に自ら接近し、振った。

男は思わず、鉄パイプを受け止める。

刀が下がったところを狙って、ハイキックを飛ばした。男の首筋に足の甲が食い込んだ。

血流が途切れる。男はその場に両膝からすとんと落ち、突っ伏した。

竜星は鉄パイプを逆手に持ち替え、もう一人の長刀を持った男に槍のように投げた。

迫っていた男が脚を止めて避ける。竜星はその隙に長刀を拾った。

柄を両手で持つと、男たちの中を駆け回り、8の字に振り回した。

刀を扱ったことはない。が、体術は剣術に通ずると聞いたことがある。

丹田に重心を収め、そこを支点に振り回す。長刀の重みに体が持っていかれることもなく、切っ先がきれいな弧を描く。

男たちは怯んで逃げ回った。逃げる男の背中を切っ先が斬りつける。腕や顔を掠める。

エントランスがたちまち混乱状態になる。

竜星はそのまま右手の階段に走った。

段に足をかけ、上を見る。銃口が向いているのがわかった。

とっさに目の前の男の陰に身を隠す。

銃声がした。

目の前の男が背中に被弾し、目を剝いて前のめりになる。

竜星は避けると同時に、長刀を銃を持った男に振り投げた。

階段にいた男たちが思わず身を屈めた。ぐるぐる回る刀が銃を持った男に迫る。銃を持った男もしゃがみ込んだ。

刀は男の頭上を過ぎ、壁に突き刺さった。

その隙に竜星は動きの止まった男たちの隙間をジグザグに抜け、一気に階段の上まで上がった。

そして、階段の一番上にいた男の顔面を足刀で蹴った。男が階段を転げ落ちる。他の男たちは、落下する男を避けられず、二人、三人と団子になって、階段を転げ落ちた。

銃を持った男が立ち上がり、あわてて竜星に銃口を向けた。が、右に左に揺れる竜星に的が定まらない。

竜星は男の目の前に駆け寄ると、スッとしゃがんだ。

発砲音が轟《とどろ》く。が、目の前に竜星の姿はない。流れ弾は背後から迫ろうとしていた男の仲間を撃ち抜いた。男は回転し、壁にぶつかった。壁が血飛沫に染まる。

竜星は右ストレートで股間を打ち抜いた。

男は目を大きく見開き、息を詰めた。ぶるぶると震えて、股を閉じ、膝を落とす。

竜星は懐深く入り、立ち上がった。頭頂で男の顎を突き上げる。男の背が反り上がり、口から鮮血を噴き上げ、仰向けに倒れた。

男の手から銃を奪う。

竜星は左の階段とエントランスに向けて、乱射した。手のひらに痺れるほどの反動が返ってくる。

銃声が反響する。

敵の群れが右往左往した。被弾した何人かが、悲鳴を上げ、倒れ、もんどり打った。

銃を撃ち尽くした竜星は、左手の一番近い男に投げつけた。

男はダッキングして避けると、低い姿勢で竜星に迫ってきた。素手だ。

竜星は拳を上げ、かまえた。

間合いが詰まった瞬間、男が右ストレートを放った。

竜星は左腕を男の右腕の内側に当て、軌道を変えた。拳が竜星の耳の脇を過ぎる。

竜星は腰をひねり、右のショートフックを繰り出した。

男は体を沈め、起き上がると同時に左アッパーを突き上げた。

竜星は後方に飛び退いた。瞬間、肩越しに背後を見やる。

短刀を持った男が腰を落とし、切っ先を向け、突っ込んできている。

竜星は右回転しながら、真横に避けた。男が竜星の残像を切っ先で突く。背後に回り、男の背中を蹴った。

男が、素手の男に突っ込んだ。

素手の男は、短刀を握った男の頭部に回し蹴りを放った。

短刀を持った男は、廊下の柵を乗り越え、絶叫と共にエントランスへ落下した。

素手の男が、竜星に詰め寄る。左右の蹴りをリズムよく飛ばしてくる。竜星は顔の前に腕を立て、反ったり、屈んだり、腕で受けたりして、蹴りをかわした。

じりじりと後退させられる。

と、突然、玄関の扉が開いた。

「サツが来たぞ！」

一瞬、男が竜星から目を離した。

その隙を逃さず男に迫り、オーバーフックを顔面に叩き込んだ。

男の顔がひしゃげた。鼻腔から血を噴きだし、真後ろに吹っ飛ぶ。

男たちはさらにパニックになり、逃げだす者も出始めた。

竜星は混乱に乗じて、市島のいる部屋を目指し、廊下を疾走した。

9

市島はスマートフォンを握っていた。

警察の到着が予想より早かった。

「仕方ねえな」

屋上にいる仲間に連絡を入れる。

「――おれだ。パトにバズーカを撃ち込め。全員、銃を持って、サツに浴びせてやれ」

命令し、電話を切る。

「おまえ、正気か？」

内間が言う。

市島は内間に顔を向けた。

「正気で、こんなことできるわけねえだろ。やけくそだ」

そう返し、冷たい笑みを浮かべた。

10

県警本部からの出動要請を受けた北谷とその周辺の所轄署は、人員を集め、市島らの別荘に乗り込んでいた。

立てこもっている者たちを一網打尽にするためだ。

十台のパトカーが連なって、正門を潜る。

庭を突っ切り、パトカーが左右に分かれた。そして、停まろうとした時、屋上にふいに三つの人影が現われた。

肩に筒のようなものを担いでいる。

真ん中の男がにやりとした。

筒が火を噴いた。

砲弾が最後尾のパトカーを襲う。

着弾して爆発し、火柱と共にパトカーが舞い上がった。

近くのパトカーに乗っていた警察官たちがあわてて降りる。

他の二人のバズーカも火を噴く。左右のパトカーが同じように吹き飛ばされる。

植え込みの陰や壁裏に隠れていた敵が姿を見せた。手には自動小銃を持っている。居並ぶ敵が一斉に掃射した。

警察官たちは車や立木の陰に身を隠し、拳銃を抜いた。

応戦する。

周囲がたちまち煙り、すさまじい銃声と爆発音で騒乱状態となった。

警察官の一人が、無線機に手を伸ばした。

「こちら、北谷！　敵は重火器を使用！　至急応援を！　至急！」

11

竜星は奥の部屋のドアを蹴り開けた。

市島がドアの方に目を向けた。

「ほお、あの人数を抜けてきたのか。たいしたもんだ」

右眉を上げる。

竜星の姿を見る。多少、痣や切り傷はあるものの、顔も服もきれいだ。

竜星を追って、仲間が入ってくる。竜星は半身を切って、追ってきた敵と市島双方を視野に収める。

「ここはいい。地下から武器を取って、サツに一泡吹かせてやれ」

「逃げてる連中もいますが」

「撃ち殺せ」

「わかりました」

男が一礼して去っていく。

「さてと」

市島はゆっくりと立ち上がった。

手にスマホを持っている。市島は画面を見せた。ストップウォッチ画面だった。10:00と表示されている。

「何の真似だ」

竜星がスマホ越しに市島を睨む。

「こいつは、地下のタイマーと連動している。地下には大量の爆薬がある。0になったら、着火してこの建物もろとも吹っ飛ぶ。一度始動したら止められねえ」

市島はボタンをタップした。タイマーが動きだす。

「あらら、思わず押しちまった」

とぼけた顔でにやっとする。

「おまえ……何考えてるんだ！」

「何も考えてねえよ。どうでもいい。爆破に巻き込まれたくなきゃ、おれを倒して出て行け。十分は破格だ。本当は三分でもいいくらいだ。それだけおまえの力を認めたってことだからよ。少しは感謝しろ」

市島はスマホを放り投げた。

「ほら、突っ立ってると、無駄に時間が過ぎちまうぞ」

市島がけしかけた。

竜星は身構えて間合いを詰めた。右ストレートを放つ。

捉えたと思った。

が、市島の顔がフェードアウトする画像のようにすうっと遠のいた。

左に影がよぎる。とっさに左腕を上げ、顔の横に立てた。

蹴りが飛んできていた。鞭のような蹴りに、上体が持っていかれる。

竜星は右横に飛んだ。

市島の左脚が地に着いたと思ったら、すぐさま後ろ回し蹴りが飛んでくる。

距離を詰めて、太腿を受け止めようとした。しかし、見た目より脚が伸びている。

竜星は左腕を寄せ、顔面を防いだ。

が、頭を狙っていたはずの脚は軌道を変え、斜め下に降りてきた。

竜星の左腿に踵が落ちる。重い衝撃が大腿骨に響く。左膝が崩れ、上体が傾く。

そこに左の爪先が飛んでくる。

竜星は右手の甲に左手を添え、顔の前に立てた。

爪先が手のひらを打ち抜いた。とっさに、竜星は後ろに飛んだ。膝を曲げて尻から落ち、後転して立ち上がる。

手のひらが衝撃で痺れている。竜星は距離を取って、二、三度指を握ったり開いたりした。

「おー、ほんとに強いな、おまえ。ボンクラなら、今の攻撃で終わってる」

市島は首を傾け、笑みを見せた。

どういうことだ……。

攻撃を思い浮かべるが、これまでに対峙したことのないタイプの相手で、パターンが読めない。

惑っていると、内間が声を張った。

「竜星！　こいつは体が柔らかくて、手足が伸びる！」

「そういうこと」

市島は体を横に曲げた。ぐにゃりと九十度以上に折れ曲がる。

「そういうことか」

竜星は構えを解いて、腕を下げた。肩を回して、大きく息をつく。

原因がわかれば、対処できる。

「わかったところで、おまえにおれは倒せねえけどな」

市島は言うなり、攻撃を仕掛けてきた。

旋風のような回し蹴りを連続で繰り出し、竜星に迫る。竜星は思うより一割増で間合いを取って、蹴りをかわす。

懐に入りたいが、距離がある。柔軟性を考えると、近接戦でも思わぬ攻撃が飛んでくる可能性がある。安易に飛び込めない。

「ほらほらどうした？　逃げ回ってちゃ、やれねえぞ」

市島は舞台で躍動するバレエダンサーのように、部屋を回りながら竜星を攻め立てた。攻撃を防ぐことはできていた。が、何発も蹴りを喰らっているうちに、ガードする腕が痺れてきていた。

しなる蹴りの威力は、竜星が体感している以上に強かった。

後退していた竜星の踵が、倒れている入間に当たった。

かすかに止まる。そこに、しなるハイキックが飛んできた。

数ミリのずれが生じた。

市島は、竜星のガードに巻き付いた足首を曲げた。足の甲が竜星の後頭部を打つ。

首の骨を打ち抜かれたような衝撃が走り、たまらず前のめりになった。

そこに市島の左膝が飛んでくる。

竜星は脚を踏ん張って、上体を逸らした。

膝を避けたと思ったら、膝下が連動して振り上がった。

さらに仰け反ったが間に合わない。顎下に両手を当てる。

市島の足が振り上がった。

竜星の体が浮き上がった。手のひらを当てたおかげで、顎を砕かれずに済んだ。

体が背中から落ちる。受け止めたのは入間の体だった。

入間が「うっ」と呻きを漏らした。

市島は振り上げた左脚の踵を竜星めがけて、振り下ろした。

竜星は避けようとした。が、今避ければ、市島の踵は、入間の背中に落ちる。背骨を砕かれるかもしれない。

竜星は市島の踵の動きを見据えた。集中が増したせいか、動きが少しスローに映る。市島の踵は竜星の鳩尾を狙っている。

竜星は腕と膝でガードを固めた。

市島の踵が右前腕に食い込んだ。

みしっと骨が軋んだ。竜星の顔が歪む。

「竜星！」

内間が声を上げた。

「おいおい、人をかばってるヒマあんのか？」

市島は竜星を踏みつけた。

竜星は入間の上から動かない。

「自分は犠牲になっても他人を守るか。おれは、おまえみたいな偽善者が一番嫌いだ。わかった。踏み殺してやるよ」

市島の踏みつけが激しくなる。執拗にガードの腕を踏みつける。

腕が痺れてきた。ガードが開きそうだ。

横に転がれば逃げられるが、竜星の下敷きになった誰かは確実にやられる。

動けなかった。

少し甘くなったガードを擦り抜け、踵が入ってきた。顔面や胸元を踵が打つ。竜星の前歯が折れ、口に血が溜まる。肋骨にも衝撃が伝わる。

まずいな……。

八方ふさがりのまま防戦一方だった。

と、背後から声が聞こえた。

「おまえが……竜星か……。噂は耳にしてる」

入間が声を絞る。

「俺にかまうな。市島を倒せ」

「動けそうですか？」

小声で語りかける。

「少しならな」

「じゃあ、僕が避けると同時に、あなたも転がってください。一撃は避けられる」

「わかった」

入間が返事をする。

竜星はカウントした。

「三、二、一――」

竜星は市島が脚を上げた瞬間、右側に転がった。

市島の攻撃から逃れた。

立ち上がって振り返る。入間も逃げたものと思った。

が――。

仰向けに返った入間は、市島の踵を受け止めていた。鳩尾あたりに踵が食い込んでいる。

口から血が噴き上がり、顔にかぶっていた。

見ると、入間は市島の足をつかんでいた。

「竜星！」

入間が声を張る。

竜星は大きく踏み込んで、右回し蹴りを放った。

市島が逃れようとする。が、逃げられない。

竜星の右足の甲が市島の首筋を捉えた。市島は大きく体を左に傾ける。

竜星はしなる市島の体を追うように、脚の軌道を変え、振り抜いた。

市島の柔軟に限界点が来て、脚の甲が強く引っかかる。市島は横倒しになり、側頭部をフロアに叩きつけられた。

入間が手を離した。

市島は立ち上がろうとするが、脳が揺れて朦朧とし、ふらついた。

竜星は一気に間合いを詰め、体を沈めた。懐に入り込み、左アッパーを突き上げる。

市島が顎を引く。上体がふらついて、少し前に傾く。

顔のど真ん中に竜星の拳がめり込んだ。

アッパーを打ち抜くと、市島のひょろっとした体が浮き上がった。宙で腰からくの字に折れる。が、体が柔らかすぎて、市島の両脚が大きく上がった。

垂直に近い形で落ちてくる。市島の後頭部が床に触れた。首が折れ曲がる。

市島は短い呻きを漏らした。

床に突き刺さった矢のように、後頸部を支点に市島の体が垂直に立つ。そして、ゆっくりと足先が落ちてきて、そのまま仰向けになり、動かなくなった。

竜星は息をついて、テーブルに駆け寄った。引き出しを開けると、短刀があった。それを取って、内間の下に走る。

短刀で拘束しているロープを切る。内間は天板を滑り落ち、その場に座り込んだ。

「助かったよ……」

内間はうなだれて大きく息をつくと、顔を上げて笑った。竜星も笑みを返す。

内間は、入間の下に駆け寄った。

「入間さん、大丈夫ですか」

顔を覗き込む。

「肋骨が肺を突き破ってるな……」

しゃべるとすぐに咳き込み、血を吐き出した。マグマのように濃い血の塊が口からあふれる。

竜星は市島が放り投げたスマホを取った。画面を見る。タイマーは残り二分を切っていた。

「内間さん！　あと二分で爆発する！」

「ハッタリじゃねえのか？」

内間が言う。

入間が口を開いた。

「本当だ。いざって時に証拠を消すため、市島が仕込んでる。止める方法はねえ。早く逃げろ」

入間の言葉に、内間の顔が強ばる。

「竜星！　入間さんを抱えろ！」

内間が言う。竜星が駆け寄る。

「俺はもういい。動けねえし、もう終わりてえ。ここで市島連れて、あっちに行くよ」

「入間さん、そんなこと言わねえで！」

「いいから、行け！　それが俺の役割だ。渡久地に話しといてくれ。最後はやっぱ、かっこよかったってな」

「最後まであきらめちゃダメです」

竜星が抱き起そうとする。

「引き際は俺が決める」

竜星を見つめる。その眼差しに迷いはなく、澄んでいた。

「内間さん、いきましょう」

竜星が立ち上がった。

「見捨てていくのか！」

内間は竜星を睨んだ。

「いきましょう！」

竜星が内間をまっすぐ見つめる。

内間は竜星を見た後、入間に目を向けた。入間は笑って見せた。

内間の目に涙が滲んだ。深々と頭を下げる。

そして、竜星と共に駆け出して行った。

入間は天井を仰いだ。

市島の呻きが聞こえた。顔を傾ける。立とうとしていた。

入間は最後の気力を振り絞って体を動かし、市島の上に飛び乗った。そのまま体を抱きしめる。

「離せ」

揺さぶるが力はない。

「おまえもここでしまいだ。一緒に地獄へ行こうぜ」

そう言い、頭を上げ、市島の顔面に頭突きを一発叩き込んだ。

12

竜星と内間が階段のところまで走り出た。

男たちが玄関ドアを挟んで、警察と撃ち合っている。

「逃げろ！　屋敷が吹っ飛ぶぞ！」

竜星の声がエントランスに響く。

階段で自動小銃を握っていた男が駆け寄ってくる。

「てめえら、逃げて来やがったのか！」

銃口を向けようとする。

竜星は距離を詰め、ボディーフックを叩き入れた。男が身を捩る。

内間が男の手から自動小銃を奪う。そして、エントランスに向け、乱射した。

「早くここから出ろ！　全員、爆死だぞ！」

怒鳴って、もう一度引き金を引く。

竜星は殴った男の襟首をつかんで立たせた。

「ほら、あんたも逃げて！」

背中を押す。

内間が自動小銃を構えて、玄関へ走った。

「銃を捨てて、両手を上げて出ろ！　警察に撃ち殺されるぞ！」

内間が叫ぶ。

男たちは一斉に武器を捨て、扉を開いて外へ飛び出した。

内間と竜星も走った。

13

一報を受け、急行した益尾は、別荘内の様子を気にしていた。しかし、敵の発砲で動けない。

島袋と安座間、真昌も合流していた。別荘内へ飛び込み、内間と竜星を助けるつもりが、凄まじい銃撃戦で足止めされていた。

「なんなんだ、こいつら……」

車の陰に隠れていた島袋がつぶやく。

「めちゃくちゃだな」

安座間が思わずこぼす。

「竜星と内間さん、大丈夫なんかなあ」

真昌は心配を漏らした。

「竜星君なら大丈夫だと思う。もうすぐ、特殊部隊が来る」

益尾が言った。

「突入か？」

島袋は益尾を見た。

「はい。その時、僕が別荘内へ入って、助けてきます。みなさんは、ここを動かないように――」

指示をしていると、突然、銃声がやんだ。

四人は少し顔を出して、別荘の方を怪訝そうに見つめる。

少しすると、別荘から両手を上げた男たちがわらわらと出てきた。

「なんだ、どうなってんだ？」

安座間は首を傾げた。

「あっ！　竜星だ！」

真昌が叫ぶ。

車の陰から飛び出し、竜星の下へ向かう。内間の姿も認める。

「竜星！」

「下がれ！　爆発する！」

竜星の声に、警察も表で銃撃戦を挑んでいた男たちも撃ち方をやめた。

「時間がねえ！　逃げろ！」

内間が叫んだ時だった。

地面が鳴動した。腹に響く轟音が耳管を揺らす。

火柱が噴き上がった。建物の屋根が吹き飛び、屋上にいた男たちが舞い上がった。

警察官も敵も全員がその場にしゃがみ込んだ。火のついた瓦礫が降り注ぐ。

噴き出した炎と熱風に煽られた竜星と内間は、地面に飛んで伏せ、頭を抱えた。駆けつけていた真昌もその場にしゃがみ、頭をガードした。

二度、三度と大きな爆発が起きる。そのたびに、炎が噴き上がり、建物のガラスや壁が吹き飛ぶ。

最後に大きな爆発が起きた。地面から建物全体が浮き上がり、砕け飛んだ。

瓦礫や岩の直撃を受け、負傷する者が多数出た。火傷した者もいる。竜星と内間も背中や腕、脚に傷を負った。が、幸い、致命傷となる直撃はなかった。

爆破がやんだ。

その場にいる誰もが茫然として、動けなかった。

「竜星！」

真昌が立ち上がった。

その声で周りが正気に戻った。

「救急車を手配！　負傷者の手当てを！」

益尾が動きだす。

島袋と安座間も立ち上がって、爆心地のように荒廃した現場を駆け回った。

真昌は、竜星の下に駆け寄り、膝をついた。

「大丈夫か？」

「なんとかね」

竜星は頭から血を流しつつ、笑顔を作った。

「無茶しすぎだよ」

「おかげで、オレは助かったけどな」

内間は体を起こし、真昌の肩を抱いた。

三人は、跡形もなくなった建物の方を見て、安堵したように大きく息をついた。

14

菅原からの連絡を受けた中込は、木庭の身柄を確保するため、ユウジングループ本社ビルと特定していた木庭の自宅マンションに同時に踏み込んだ。

中込は、本社ビルの社長室に踏み込んだ。

しかし、もぬけの殻になっていた。

パソコンや資料は残されているものの、木庭がいた気配はない。

木庭の自宅マンションに踏み込んだ部下から、連絡が入った。

――中込さん、木庭本人のみならず、家財道具も一切ありません。

「わかった」

中込は電話を切った。

近くにいた部下に指示をする。

「緊急手配しろ」

「はい」

部下が中込のそばから去っていく。

「クソ悪党が……」

中込は誰も座っていないハイバックの椅子を睨んだ。

木庭は姿を消した――。

エピローグ

一時入院した竜星は、すぐに退院した。

退院直後、県警本部で益尾を交えて、事情聴取を受けた。

その時、益尾から事件の詳細と顚末を聞かされた。

きっかけは、市島が自分の店で働いていたリナという女に手を出した芦田から金をせしめるために拉致したことだった。

紗由美は、自分の会社へ出向に来ていた芦田を捜すために動いていたとのことだった。

内間は、紗由美がユウジングループの沖縄本社ビルに入っていくのをたまたま見かけ、事情を聴いて、芦田捜しを手伝うことにしたそうだ。

芦田が解放され、紗由美が働く会社に戻っていれば、大事にはならない話だった。

しかし、市島は芦田から、オプテクに大金が眠っているという話を聞いた。

市島の報告を受けた木庭と馬淵は、それをすべて強奪しようと画策した。

そして、芦田のＩＤを使ってオプテクに侵入したが、誤って、社長の森本を殺してしまった。

そこから歯車が狂いだし、行き当たりばったりで対処しているうちに、警察との全面戦争になったという。

市島に近い幹部の何人かが警察に拘束されている。

彼らの話によると、警察との全面戦争を指示したのは木庭だった。

その張本人は、警察が踏み込む前に株や暗号資産を売却して、姿を消した。

警察は国際手配をし、今も木庭の行方を追っている。

ユウジングループの系列店舗はすべて閉鎖し、裏で売春をしていた事実も判明して、関わった者のほとんどは逮捕された。

ユウジングループ沖縄本社ビルの放火と北谷の別荘の爆破では、多数の死傷者が出た。死亡した市島をはじめ、ユウジングループの幹部たちは、その責任も問われることとなった。

市島と入間の遺体も現場で見つかったそうだ。バラバラになり、燃えていたところも多く、悲惨な状態だったという。

芦田は意識は戻っていないが、一命は取り留めた。が、刺し傷は後頸部の神経を傷つけていて、目が覚めても首から下は動かない寝たきり状態になるだろうとのことだった。

それでもリナは、芦田のそばにいることを決めたという。

オプテクから持ち出されたＨＤＤは会社に戻され、残った幹部が暗号資産を売却し、その資金を元手に会社の再建を図っている。

紗由美が勤務するゆいまーるも、そのままシステム開発をオプテクに委託することになった。

内間はまだ入院しているが、身体機能に問題はなく、療養すれば、完治するそうだ。ただ、療養期間は少なくとも三カ月はかかるとのことだった。

楢山は意識を取り戻し、個室へ運ばれた。隣にベッドが置かれ、紗由美も同じ部屋で治療を受けている。

紗由美は被弾したものの、幸い弾が貫通し、少しの肺損傷で済んだ。とはいえ、左肺の下半分は切り取られ、重傷ではある。

警察は、まだユウジングループの残党が街をうろついている可能性が高いこと、木庭の行方がわからなくなっている点を踏まえ、保護の観点で楢山と紗由美を同室にし、見張りの警官を置いた。

竜星は益尾と共に、紗由美と楢山がいる病室を訪れた。

益尾から事件のあらましを聞いて、楢山が口を開いた。

「また、ずいぶん暴れやがったな、竜星」

「つい……ね」

　竜星がちらっと紗由美を見やる。

「ごめんね……竜星……」

　紗由美が声を絞り出す。

「母さんが悪いわけじゃない」

「そうですよ、紗由美さん。それに、竜星君が無茶をしていなければ、内間君も助かっていなかったかもしれない。まあ、褒められた話ではないですけど、今回は人身保護に努めたということで」

　益尾は言って、立ち上がった。

「もう行くのか？」

　檜山が訊く。

「いろいろと報告が残っていまして。それに、木庭の捜索も終わっていませんし」

「東京に戻るのか？」

「夕方の便で。また、様子を見に来ます。沖縄県警とのやりとりもありますから」

「そうか。気をつけてな」

「愛理ちゃんによろしくね」

　紗由美が言う。

「伝えておきます。二人とも、無理はしないように」

益尾は言い、竜星の肩をポンと叩いて目を合わせ、うなずいて病室を出た。

竜星は益尾にうなずき返し、見送った。

「僕から二人に話があるんだ」

丸椅子に座り直す。

「なんだよ、改まって」

楢山が竜星を見やる。紗由美も顔を傾けた。

「一つは、僕の進路について。僕が本当にやりたいことは何か。いろいろ考えてみたんだけど、わからなかった」

「わからないって？」

紗由美が訊く。

「義肢装具士を目指すか、理学療法士を目指すか、ロボット工学を学ぶか。漠然と考えていたんだけど、どれも違う気がしてたんだ。なぜかなとずっと考えていたんだけど、それは楢さんの力になりたいからだろうなと思った。それ自体は僕も気にしていなかったんだけど、主体が僕でないことに気づいたんだ」

「自分自身の夢じゃないってこと？」

「僕の夢なのかもしれないけど、確信が持てなかった。どうして、そういう気持ちになるのかも考えてみた。で、一つの結論に達したんだ」

紗由美と楢山を交互に見つめる。

「僕の中に遠慮があったからだ。楢さんにも、おばあにも、母さんにも」

竜星が話す。

紗由美は少し目をうつむけた。

「少し、僕自身を探してみたいんだ。今どき、自分探しなんて流行らないのかもしれないけど」

「何をするんだ？」

楢山が訊いた。

「一人で旅をしてくるよ。今、国外は難しいから、ゆっくり国内を回ってくる」

「進学はどうするの？」

紗由美が訊く。

「自分のしたいことを、自分自身を見つけた後に考えるよ」

「そんな……とりあえずでも、大学に行ったら？」

「とりあえずで、お金を無駄にはできない。心配しないで。必ず、戻ってくるから」

「そうか。行ってこい」

楢山が言う。

「楢さん！」

紗由美が楢山を見やった。

「俺も気にしてたんだ。おまえが装具士になろうとしてるのは、俺のせいかなと。それはおまえの可能性を俺が狭めたことになる。それは心苦しい」

素直な気持ちを吐露する。

「ただし、心配かけないよう、定期的に連絡は入れること。電話じゃなくても、手紙でもショートメッセージでもいい。で、本当に困ったら、必ず、俺や紗由美ちゃんを頼れ。わかったな」

「うん、ありがとう」

竜星が笑顔を見せる。

迷いのない眼差しを見て、紗由美はふっと微笑んだ。

「私の周りにいる男は、ほんと勝手な連中ばかりだな」

つぶやき、視線を起こす。

「行っといで」

紗由美の言葉に、竜星は強く首肯した。

「で、もう一つ。僕からのお願いなんだけど、安心して旅ができるように、これにサインしてほしいんだ」

上着の内ポケットから、茶封筒を取り出した。紗由美に渡す。

紗由美は受け取り、中身を出した。薄い紙を開いてみる。

「えっ」

驚いて、目を丸くする。

「なんなんだ？」

楢山が手を伸ばした。紗由美が楢山に紙を渡す。

それを見て、楢山もびっくりした表情を浮かべた。

「おい、竜星……。これは」

「本当の家族になって、僕を安心させてほしい。苗字はどっちでもいいから、決まったら教えてね」

竜星が立ち上がる。

「じゃあ」

そう言い、ドア口に歩く。

「じゃあって。おい、待て！」

「竜星！」

紗由美と楢山が呼び止めるが、竜星は振り返らず、病室を出た。

二人に渡したのは、金武と益尾の証人署名が入った婚姻届だった。

二人が身を固めてくれれば、安心して旅立てる。

竜星は大きく深呼吸して、病院を出る。

真昌が待っていた。

「渡してきたか?」

「うん。面食らってた」

「だろうな」

真昌がにかっと笑った。

「いつから行くんだ?」

「決心が変わらないうちに」

竜星が答える。

「そっか。淋しくなるけど、仕方ない。ちばりよー、竜星」

右手のひらを上げる。

「おまえもな」

竜星は微笑み、真昌とハイタッチした。

手を打つ音は、竜星と真昌の新たな一歩を祝うように弾け、青空に吸い込まれた。


（続く）

本作品は、ｗｅｂサイト「ＢＯＣ」に二〇二一年十月から二〇二二年一月まで連載された「もぐら新章４」を加筆、修正のうえ、改題した文庫オリジナルです。

また、この物語はフィクションであり、実在の人物・団体とは一切関係がありません。

中公文庫

もぐら新章《しんしょう》
昴《ぼう》星《せい》

2023年1月25日　初版発行

著　者　矢《や》月《づき》秀《しゅう》作《さく》

発行者　安部順一

発行所　中央公論新社
〒100-8152　東京都千代田区大手町1-7-1
電話　販売 03-5299-1730　編集 03-5299-1890
URL https://www.chuko.co.jp/

ＤＴＰ　平面惑星
印　刷　大日本印刷
製　本　大日本印刷

Published by CHUOKORON-SHINSHA, INC.
Printed in Japan　ISBN978-4-12-207202-2 C1193

中公文庫既刊より

各書目の下段の数字はＩＳＢＮコードです。978－4－12が省略してあります。

か-74-1
ゆりかごで眠れ（上） 垣根涼介
南米コロンビアから来た男、リキ・コバヤシ――マフィアのボス。目的は日本警察に囚われた仲間の奪還と復讐。そして、少女の未来のため。待望の文庫化。
205130-0

か-74-2
ゆりかごで眠れ（下） 垣根涼介
安らぎを夢見つつも、憎しみと悲しみの中でもがき彷徨う男女。血と喧噪の旅路の果てに彼らを待つものは、一体何なのか？ 人の心の在処を描く傑作巨篇。
205131-7

か-74-3
人生教習所（上） 垣根涼介
謎の「人間再生セミナー」に集まってきた「落ちこぼれ」たちは、再起をかけて小笠原諸島へと出航する。『君たちに明日はない』の著者が放つ、新たなエール小説。
205802-6

か-74-4
人生教習所（下） 垣根涼介
斬新な講義で変わっていく受講者たち。そして最後にして最大の教材、小笠原の美しい自然と数奇な歴史に織り込まれた真理とは？ 謎のセミナー、感動の最終章へ。
205803-3

か-74-5
真夏の島に咲く花は 垣根涼介
フィジー人、インド人、日本人、中国人。様々な若者たちが南国の「楽園」で学んだ大切なこととは？ 真の幸せを問い続ける著者渾身の長篇小説。〈解説〉大澤真幸
206413-3

こ-40-24
新装版 触 発 警視庁捜査一課・碓氷弘一1 今野敏
朝八時、霞ヶ関駅で爆弾テロが発生、死傷者三百名を超える大惨事に！ 内閣危機管理対策室は、捜査本部に一人の男を送り込んだ。「碓氷弘一」シリーズ第一弾、新装改版。
206254-2

こ-40-25
新装版 アキハバラ 警視庁捜査一課・碓氷弘一2 今野敏
秋葉原を舞台にオタク、警視庁、マフィア、中近東のスパイまでが入り乱れるアクション&パニック小説。「碓氷弘一」シリーズ第二弾、待望の新装改版！
206255-9

こ-40-26
新装版 パラレル　警視庁捜査一課・碓氷弘一3　今野敏

首都圏内で非行少年が次々に殺された。いずれの犯行も瞬時に行われ、被害者は三人組で、外傷は全くないという共通項が。「碓氷弘一」シリーズ第三弾、待望の新装改版。

206256-6

こ-40-20
エチュード　警視庁捜査一課・碓氷弘一4　今野敏

連続通り魔殺人事件で誤認逮捕が繰り返され、捜査は大混乱。ベテラン警部補・碓氷と美人心理調査官・藤森のコンビが真相に挑む。「碓氷弘一」シリーズ第四弾。

205884-2

こ-40-21
ペトロ　警視庁捜査一課・碓氷弘一5　今野敏

考古学教授の妻と弟子が殺され、現場には謎めいた古代文字が残されていた。碓氷警部補は外国人研究者を相棒に真相を追う。「碓氷弘一」シリーズ第五弾。

206061-6

こ-40-33
マインド　警視庁捜査一課・碓氷弘一6　今野敏

殺人、自殺、性犯罪……。ゴールデンウィーク最後の夜に起こった七件の事件を繋ぐ意外な糸とは？　藤森紗英も再登場！　大人気シリーズ第六弾。

206581-9

こ-40-19
任侠学園　今野敏

「生徒はみな舎弟だ！」荒廃した私立高校を「任侠」で再建すべく、人情味あふれるヤクザたちが奔走する！「任侠」シリーズ第二弾。〈解説〉西上心太

205584-1

こ-40-22
任侠病院　今野敏

今度の舞台は病院⁉ 世のため人のため、阿岐本雄蔵率いる阿岐本組が、病院の再建に手を出した。大人気「任侠」シリーズ第三弾。〈解説〉関口苑生

206166-8

こ-40-23
任侠書房　今野敏

日村が代貸を務める阿岐本組は今時珍しく任侠道を弁えたヤクザ。その組長が、倒産寸前の出版社経営を引き受け……。『とせい』改題。「任侠」シリーズ第一弾。

206174-3

こ-40-38
任侠浴場　今野敏

こんな時代に銭湯を立て直す⁉ 頭を抱える日村に突然、阿岐本が「みんなで道後温泉に行こう」と言い出し……。「任侠」シリーズ第四弾！〈解説〉関口苑生

207029-5

各書目の下段の数字はＩＳＢＮコードです。978－4－12が省略してあります。

こ-40-28
孤拳伝（一）新装版　今野敏
九龍城砦のスラムで死んだ母の復讐を誓った少年・剛は苛酷な労役に耐え日本へ密航。暗黒街で体得した拳を武器に仇に闘いを挑む。〈解説〉増田俊也
206427-0

こ-40-29
孤拳伝（二）新装版　今野敏
松任組が仕切る秘密の格闘技興行への誘いに乗った剛は、賭け金の舞う流血の真剣勝負に挑む。非情に徹し、邪拳の様相を帯びる剛の拳が呼ぶものとは！
206451-5

こ-40-30
孤拳伝（三）新装版　今野敏
中国武術の達人・劉栄徳に完敗を喫し、放浪する朝丘剛。忍術や剣術など、次々と現れる日本武術を極めた強敵たちに、剛は……⁉。
206475-1

こ-40-31
孤拳伝（四）新装版　今野敏
岡山に美作竹上流の本拠を訪ねた剛は、そこで鉢須賀丁太に出くわす。偶然の再会に血を滾らせる剛。果たして決戦の行方は――⁉　シリーズ第四弾！
206514-7

こ-40-32
孤拳伝（五）新装版　今野敏
それぞれの道で、本当の強さを追い求める剛とそのライバル達。そして、運命が再び交差する――。武道小説、感動の終幕へ！〈解説〉関口苑生
206552-9

こ-40-34
虎の道龍の門（上）新装版　今野敏
極限の貧困ゆえ、自身の強靭さを武器に一攫千金を夢みる青年・南雲凱。一方、空手道場に通う麻生英治郎は流派への違和感の中で空手の真の姿を探し始める。
206735-6

こ-40-35
虎の道龍の門（下）新装版　今野敏
「不敗神話」の中、虚しさに豪遊を繰り返す凱。「常勝軍団の総帥」に祭り上げられ苦悩する英治郎。その二人が誇りを賭けた対決に臨む！〈解説〉夢枕獏
206736-3

こ-40-37
武打星　今野敏
一九七九年、香港。武打星（アクションスター）という夢があった――。ブルース・リーに憧れた青年が白熱の映画界に挑む、痛快カンフー・アクション。
206880-3

や-53-1　もぐら　　矢月秀作

こいつの強さは規格外――。警視庁組織犯罪対策部を辞し、ただ一人悪に立ち向かう「もぐら」こと影野竜司。最凶に危険な男が暴れる、長編ハード・アクション。

205626-8

や-53-2　もぐら　讐　　矢月秀作

警視庁に聖戦布告！　影野竜司が服役する刑務所が爆破され、獄中で目覚める〝もぐら〟の本性――超法規的、過激な男たちが暴れ回る、長編ハード・アクション第二弾！

205655-8

や-53-3　もぐら　乱　　矢月秀作

女神よりも美しく、軍隊よりも強い――次なる敵は、中国の暗殺団・三美神。影野竜司が新設された警視庁特務班とともに暴れ回る、長編ハード・アクション第三弾。

205679-4

や-53-4　もぐら　醒　　矢月秀作

死ぬほど楽しい殺人ゲーム――姿なき主宰者の目的は、復讐か、それとも快楽か。凶行を繰り返す敵との、超法規的な闘いが始まる。シリーズ第四弾！

205704-3

や-53-5　もぐら　闘　　矢月秀作

新宿の高層ビルで発生した爆破事件。爆心部にいた被害者は、ｉＰＳ細胞の研究員だった。新細胞開発に蠢く闇に迫る！　シリーズ第五弾。

205731-9

や-53-6　もぐら　戒　　矢月秀作

首都崩壊の危機！　竜司の恋人は爆弾とともに巻き付けられ、警視庁にはロケット弾が打ち込まれた。国家を、そして愛する者を救え――シリーズ第六弾。

205755-5

や-53-7　もぐら　凱（上）　　矢月秀作

勝ち残った奴が人類最強――。首都騒乱の同時多発テロから一年。さらに戦闘力をアップしたシリーズ史上最強の敵が襲いかかる！　〝もぐら〟最後の闘い。

205854-5

や-53-8　もぐら　凱（下）　　矢月秀作

勝利か、死か――。戦友たちが次々に倒されるなか、遂に〝もぐら〟が東京上陸。日本全土を恐慌に陥れる謎の軍団との最終決戦へ！　野獣の伝説、ここに完結。

205855-2

各書目の下段の数字はISBNコードです。978-4-12が省略してあります。

や-53-9
リンクス
矢月秀作
最強の男が、ここにもいた！　動き出す、湾岸の守護神――。大ヒット「もぐら」シリーズの著者が放つ、高速ハード・アクション第一弾。文庫書き下ろし。
205998-6

や-53-10
リンクスⅡ Revive
矢月秀作
レインボーテレビの爆破事故に巻き込まれ世を去った、巡査部長の日向太一と科学者の嶺藤亮。だが、二人は新たな特命を帯びて、再びこの世に戻って来た……⁉
206102-6

や-53-11
リンクスⅢ Crimson
矢月秀作
レインボーテレビに監禁された嶺藤を救出するため駆けつけた日向の前に立ちはだかる、最凶の敵・クリムゾン。その巨大な陰謀とは⁉　「リンクス」三部作、堂々完結！
206186-6

や-53-13
ＡＩＯ《アイオ》民間刑務所（上）
矢月秀作
２０××年、日本で設立・運営される初の民間刑務所「ＡＩＯ第一更生所」。そこに渦巻く経営者、議員、刑務官、囚人たちの欲望を戦慄的に描いた名作、遂に文庫化。
206377-8

や-53-14
ＡＩＯ民間刑務所（下）
矢月秀作
「ＡＩＯ第一更生所」に就職した同期たちが遭遇した惨劇とは……。「もぐら」「リンクス」の著者が描く、近未来アクション＆バイオレンス！〈解説〉細谷正充
206378-5

や-53-15
もぐら新章　血脈
矢月秀作
新たなる「もぐら」伝説！　人類最強を決める壮絶な闘いの末、伝説は終わりを告げた……はずだった。今、最後の地沖縄であの伝説が蘇る。文庫オリジナル。
206718-9

や-53-16
もぐら新章　波濤
矢月秀作
もぐら・影野竜司の血を引く竜星。沖縄開発の裏で暗躍する組織と、二十年ぶりに島に現れた伝説の武闘派ヤクザ――新たな戦いの中で竜星は未来を模索する！
206862-9

や-53-17
もぐら新章　青嵐
矢月秀作
コロナ禍に沈む沖縄で拳を振るうボクサー崩れの城間尚亮。渡久地巌に心酔する城間の暴走が、もぐらの血を引く竜星の怒りを爆発させる。文庫オリジナル。
207051-6